詩經中的百轉情思

歸來最美的詩經
歲月靜好多思念
百轉柔腸情難解

李顏壘　著

探索《詩經》之美，詩意滿溢的世界，古今情感的交織。
從青澀戀愛到深情單思，光陰的意義與對生活的思索，

結合古典意象與現代生活，古詩詞與現實情感的深刻連結，
細膩文筆解析詩詞，傳遞對美好生活的嚮往！

目錄

Contents

第三章 願時光清淺，許你安然 068

Contents

序 與詩纏綿

我的一個朋友和我說過，為了弄清楚「關關雎鳩」究竟是一種什麼鳥，他花了好長的時間蒐集資料，然後又在課堂上用了接近三個小時，極其嚴謹地羅列各種證據來分析「雎鳩」的可能性：鴛鴦、天鵝、野鴨子、魚鷹……下了課，他疲累至極，卻聽見學生在窗外說：「管牠是什麼呢，和我們有什麼關係啊？白白費了我們半天的時間！」

的確，紅塵滾滾，人世多擾。在工業社會和商業社會裡，每個人都與過去的事物相疏離，人與人的相處也僅是浮於表面，公務多而生活少。而功能越來越廣泛的電子網路，以及手機、通訊軟體、IG、電影等等，也占去了我們純粹的閱讀時間，詩意，更沒有了著落。

詩是一種「回憶」，一種「蒐集」：在沙灘上撿拾飛鳥偶爾遺落的羽毛、石頭，在山坡上尋找漂亮花草的種子、樹葉、根莖，推開窗，看對面山上的雲卷雲舒，收集書籍、陶罐、銀圓、樂器、紙張，這些東西隨處可見，俯拾之間的蒐集皆是回憶。

「詩言志」，有人說「志」就是「回憶」，當然，「志」的意義很多，但主「回憶」所說的，也許讓我們沉思更多。人如果失去了記憶，人生的意義就會出現問題，就像電影《銀翼殺手》（Blade Runner）中所展示的仿生人——像真人一樣的機器人——它與真人的唯一區別，就是它沒有人的記憶。而沒有了記憶，也就沒有了過去，沒有了童年，這些仿真人也就覺得自己不是一個完整的「真人」，不是上帝所創造的完整生命。

《詩經》的確已經離我們太久遠了，比孔子還要久遠，從先秦到現在，不知有多少學者為它作注，為它爭辯。比如我手邊的一冊《國風集說》，光引用書目和文章就足足羅列了二十多頁，更不用說其內容了！

如何解詩？張岱說過，人有一字不識而多詩意；一偈不參而多禪意；一勺不濡而多酒意；一石不曉而多畫意——這話說得實在是太有見地了。「詩意」是心境，不是學問，所以詩的真義不在太淵博，更不在太世故。古人的箋注固然旁徵博引，但心中的感動卻杳無蹤影。

詩有古今之分，表達情感（尤其是愛情）的方式也有不同，然而，透過讀《詩經》而來的現代感動，應該與數千年前的感動並無二致：無二致的纏綿，無二致的徬徨，無二致的希冀……作者描述出自己的感受，也傾訴了普遍性的情緒，在文字中釋放自己與他人的痛苦和快樂。

《歸來，最美的詩經》的作者，他的教育背景不是說文，不是訓詁，不是聲韻，不是文獻學，但他是有夢想的一代，天馬行空般的想像讓他把視野和心靈都推向了遠方，也讓我們一起讀歸來的最美《詩經》。

劉墨

第一章 清風自來兮，汝心安在否

濃縮一段時光的剪影，將你的身影深深地鐫刻在歲月中。捻一縷相惜的暖意，感謝與你相遇在此。緣遇，不問情深緣淺，只因與你這一次美麗的邂逅，我將傾盡一生的真情，紅塵等候。

邶風．靜女——候人之趣，只等君來

無論是等愛人、情人，還是友人，等而不來，候人不至，難免惆悵。《詩經》中有不少這樣的詩，也算開了描寫候人的先河。

靜女其姝，俟我於城隅。愛而不見，搔首踟躕。

靜女其孌，貽我彤管。彤管有煒，說懌女美。

自牧歸荑，洵美且異。匪女之為美，美人之貽。

這首〈邶風〉中著名的〈靜女〉一詩，以男子的口吻來寫男女約會、男子的等待。城隅之下，男子心急如火地前來赴約，等了好久，卻沒見心愛的人到來，於是徘徊踟躕。因為有盼望女子出現的喜悅，他的內心也沒有一絲責備。到了第二節，女主角終於出場了，手裡還拿著象徵愛情的彤管，顏色非常鮮亮，男子一見就很喜歡，滿口稱讚。接下來，女子解釋遲到的理由，原來她剛才是去牧場採摘那些初生的茅草了，荑（ㄊㄧˊ），這象徵著純潔愛情的茅草啊，你的美麗不單單是因為你真的很美，更是因為這是她送給我的緣故啊。字裡行間，男子的滿心喜悅溢於言表。

候人到來，相遇如神妙的花開，流動著花的神韻，這是寫男子的等待。

〈鄭風．山有扶蘇〉寫女子的等待。

山有扶蘇，隰有荷華。不見子都，乃見狂且。

山有喬松，隰有游龍。不見子充，乃見狡童。

隰（ㄒㄧˊ），子都、子充都是當時的美男子，被人引為偶像。這位女子的心婉轉糾結，也沒有〈靜女〉中那個痴心的男子那樣的好脾氣，別想著送給她一根茅草就能把她打發掉。在見到男子開口之前，女子先顧左右而言他：「山上有茂盛的扶蘇，池裡有美豔的荷花」；「山上有挺拔的青松，池裡有叢生的水葒」。扶蘇、荷花、青松、水葒，從山上到水裡，這些或挺拔、或高大、或高潔、或美麗的景物都被她說了個遍，然而都不是用在眼前這個遲到了的男子身上的。怎麼能形容到你身上？你只是個小狂徒！你只是個狡猾多詐的小子！你走，走！別在我眼前礙事，我要等的是子都、子充那樣的美男子！

她的這位戀人的相貌可能真的很像子都、子充，但是她偏反著說，不滿、怨憤、嗔怪和責備。

一切緣於讓她等久了！

女子的等待和男子的等待後果是多麼的不同！明白了這一點，也就明白了孔子為什麼會說「唯女子與小人難養也，近之則不遜，遠之則怨」（《論語．陽貨》）了。南朝梁皇侃的著作《論語義疏》中說：「君子之人，人愈近愈敬，而女子小人，近之則其誠狎而為不遜從也。君子之交淡如水，亦相忘江湖；而女子小人，若遠之則生怨恨，言人不接己也。」說的都是一個意思：和女人相處，確實存在這樣的難題，你與她們太近了，她們就會說你不懂得禮讓；你選擇遠離她們了，她們又會覺得你不重視她、不在乎她，反而更加抱怨你。雖然這些話都將女子與小人等同起來，有失對女性的尊重，但還是有一定道理的。

如此說來，和女子約會，男子一般不可以遲到，而女子則有這個特權，不管她們是不是故意的，男性都不能搬出「講信用」、「守時」這樣的信條去責備她們、約束她們。〈靜女〉中那個最終遲到的女子說不定早就從牧場回來了，只是沒有立即現身，而是躲起來，看男子在那裡左右徘徊、抓耳撓腮，自己則在暗處偷笑。最後看折磨得差不多了，才款款地出來，滿臉都帶著春日的陽光與微笑，即便男子心中有責備她的意思，一見桃花一樣的美人站在自己面前，恐怕也會連想說什麼詞都忘了，就算他實在等得不耐煩，忍不住要說幾句，人家也有充足的理由：我之所以遲到，是因為我去那個遠處的牧場採摘茅草了，而且這些茅草都是用來送給你的。這樣的話，換做任何人恐怕都是恨不起來的，「我這一切都是為了你呀！」於是，只有更加地愛她，才能對得起這份濃濃的情意。這就是專屬於女子的智慧，也是她們可愛的地方。

所以，男子第一要做守時的君子，否則就會傷透美人心，這可不是危言聳聽，《詩經》中就有明證。〈鄭風〉中還有一首〈褰裳〉：「子惠思我，褰（ㄑㄧㄢ）裳涉溱（ㄓㄣ），子不我思，豈無他人？」意思是說女子本來約男子渡水過來相會，如果男子不來，追求自己的人有的是，到時候可就輪不上你了！聽聽！哪裡還敢不來。

不過在現實生活中，大多數人還是喜歡〈靜女〉中的男子的等待，既然在等候，何妨瀟灑脫釋然一些？時光無盡，你我無痕，換一種心情多等一會吧。所以〈靜女〉的流傳度比〈山有扶蘇〉更加廣，對後世的影響也更加大。人稱「鬼才」的宋代詩人趙師秀就是〈靜女〉的粉絲。

＊山有扶蘇，隰有荷華

黃梅時節家家雨，青草池塘處處蛙。
有約不來過夜半，閒敲棋子落燈花。

這首〈約客〉中，梅雨時節，陰雨綿綿，池塘青草，蛙聲如鼓。詩人約了友人來下棋，然而，時過夜半，約客未至，詩人靜靜等候，並下意識地拿起桌上的棋子輕輕地敲著，雖然是一個很小的動作，卻也將桌上的燈花震落了。詩人未因客人的失約而責備，連一時的孤獨和無聊也沒有——哪怕一丁點兒的輕描淡寫，我們看到的只有無語的行動，在夜雨迷濛的背景下，一切反而顯得更加的悠閒、坦然、平靜。感謝這夜的雨，阻隔了客人的腳步，讓我們的詩人有了這份等待，有了這首詩。

唐代詩人於良史同樣候人不至，不過他等人的做法更極端——直接忘了等人這回事，自己去玩了——「掬水月在手，弄花香滿衣」（〈春山夜月〉）。捧起清澄明澈的泉水，泉水照見月影，擺弄山花，馥郁之氣溢滿衣衫。不急不躁，豁達平和，情思欲醉，不由人捺不住漫漫逸致，一捧清水遙遙的月亮就在手中，完全沉浸到內心的激盪和靜謐中。要是朋友來了，我們一起切磋切磋剛才的意境，豈不是更大的美事。

愛因斯坦談及相對論：「如果你在一個漂亮的女性身旁坐一個小時，你只覺得坐了片刻；反之，你如果坐在熱火爐上，片刻就像一個小時。」按道理說，等待就是可以將時間無限拉長的，尤其是當所等的人是自己日思夜盼的戀人時，等待就更是一件令人焦慮的事，在古代的詩詞中看古人之愛，我們卻能夠讀到另一種超脫相對論的意境，從這些日常的生活中，我們看到了古人充滿樂趣的閒暇時光。

邶風．匏有苦葉——一場遙遠的張望，只願君心似我心

《詩經》中的愛情詩，就像一個邊城，那裡的故事，那裡的人物，彷彿都是不沾煙火、不惹風塵的，遺世而獨立，透亮得像一座水晶宮，只要你走進去，就能見到一個大寫的「情」字游離其間；又像是一幕幕電影，對著銀幕，你的耳邊總能聽到那時的男男女女的喁喁低語，聲音細細竊竊，好像是從千里之外傳來的風聲、水聲，卻同樣能吹動你的長髮，沾濕你的衣襟。

〈匏有苦葉〉就是這樣的一首詩，它也有這樣的能量。

匏有苦葉，濟有深涉。深則厲，淺則揭。

有瀰濟盈，有鷕雉鳴。濟盈不濡軌，雉鳴求其牡。

雝雝鳴雁，旭日始旦。士如歸妻，迨冰未泮。

招招舟子，人涉卬否。不涉卬否，卬須我友。

鷕（一ㄠˇ），雌山雞叫聲；雝雝（ㄩㄥ），大雁叫聲；迨（ㄉㄞˋ），等到；冰泮（ㄆㄢˋ），結冰。這無疑又是一個讓人黯然神傷的故事。「匏有苦葉，濟有深涉」告訴了讀者故事發生的時間和地點，「匏」，就是今日所說的葫蘆，秋天裡待其果實成熟，摘下來晒乾，既可以做容器，也可以做浮水的工具，當人渡河的時候，綁幾個在腰間，可以增加自身的浮力。清代陶窳（ㄩˇ）《秋望》詩：「入水苦匏思共濟，望秋蒲柳感先零」即可為證。在電影《黃河絕戀》裡面也有這樣的鏡頭，當歐文背著花花，帶著安潔一起過黃河的時候，就是在腰間綁著葫蘆過去的，足見這種原始的渡河方式流傳之久。

時間的指針撥回去兩千年，在一個秋日的早晨，太陽剛剛從地平線爬起來，還睜著慵懶的眼睛，發著迷惑的光芒。一條河流，人們叫它濟水，河有一個古老的渡口，秋雨豐澤，水勢如期上漲，慢慢地向河灘上漫延，低處的草叢已經被水淹沒了。一個素衣的女子在岸上行走著、張望著。

風已經滿是涼意，又挾帶著水的寒氣，拂過她剛梳起的髮髻，吹動了她的裙裾，也吹緊了她的眉頭。

她就是這樣一位正在那裡張望著的、微蹙著雙眉的、素衣秋心的女子。張望為何？秋心為何？我在等待一個人，你難道看不出來嗎？

那些葫蘆的葉子已經枯萎了，濟水已經漲高了，淺的地方提著衣襟就可以過去；深的地方已經需要在腰間掛上葫蘆才可以浮過去。你難道聽不到嗎？

草窠裡的山雞一遞一聲地鳴叫著，這種咯咯的叫聲，把我的心都攪亂了。天上的大雁也開始往南飛了，把我的心也帶去了。你難道不知道嗎？

山雞的鳴叫是為了追求自己的伴侶，大雁南飛也是成雙成對。現在濟水已經漲到車軸那個地方了，如果你真的想娶我為妻，就要趁著河水還沒有結冰的時候，這樣我們的婚車還可以過得去，再晚一些，就遲了呀。你難道忘了我們的婚事嗎？

那秋日的太陽漸漸地升高了，周圍的一切也都跟著明朗起來，渡口附近聚集的人越來越多，擺渡的老船伕撐了條船來，人們一個一個登上去，岸上只剩下這一個素衣秋心的女子。

老船伕問：船要開了，你不上來嗎？

女子搖搖頭，她還要等一個人——那麼重要的一個人！

她最後有等到心愛的人到來嗎？詩中沒說，我們不知道，女子只是在等候。

只要你沒說不再見我，不再念我，不再愛我，不再跟我，哪怕要我一直守在這相思的渡口，哪怕要我化作望夫石，留下最真實的痛感，我的心和我的姿態都會像最初時一樣。濟水記住了這一張望的身影，她的身後從此成了空白，等著世世代代的痴心兒女去填補、去成全。

世上的傻女子都作如此想吧，我等待，希望你能來，只願君心似我心，一個多麼簡單的願望，一個單純的夢想。

宋代許棐〈樂府〉詩中說：「妾心如鏡面，一規秋水清。郎心如鏡背，磨砂不分明。」她的心就像這古銅鏡的正面，明如秋水，然而男子的心呢，卻像這鏡子的背面一樣，模糊不清。她希望自己的情郎能夠明確地表態，和她一起成就一段美好的姻緣。為此她可以向上天發誓，就像漢樂府中的女子那樣，只要能與君相知相守，哪怕大山失去了稜角，哪怕江水斷流，哪怕四時顛倒，哪怕天塌地陷，否則就沒有什麼可以阻隔。山無棱，天地合，乃敢與君絕！說得多好，只可惜只是女子一人的心裡話，沒有人去苛求「君」的回應。

男人啊，你是否明白？你是否能對我的等候夠感同身受？

這樣的故事結局有點像作家沈從文的《邊城》，望著翠翠一個人孤零零地撐著渡船，守在渡口，等著二老儺送歸來時的身影，每一個人都會在心裡發問：二老最後回來了嗎？作者說：那個人也許永遠不回來了，也許明天回來。

然而，女詩人席慕蓉說：明日，明日又隔天涯。有時候，「一剎那便是永劫」。

這樣一對一水之隔的男女，在當時、當地已經有了時空的距離，心靈或許也離得更遠了，在水一方的伊人的心願和祈求，在水另一方的那個人能否感應得到呢？秋風無語，秋水無聲。在這個灑滿相思的渡口，在這個充滿秋思的季節。一切都沒有答案，讓人無跡可尋。

＊只願君心似我心

世界上很多距離既讓我們無盡地痛恨，又給我們無窮的吸引。愛情相隔再遠，也能讓世人膜拜景仰，欲罷不能，後世知音甚至也可以為之捨生赴死，其魅力之大，功在距離。無數的人前仆後繼，沿著它古老的河流，一路艱辛地走來，跟著它一起流過我們今天居住的村莊、都市，使今人有幸得到一點憐惜的眷顧，就在這古老的濟水渡口，我們聽到了愛在歷史深處的深沉迴響。

只願君心似我心。

鄭風．風雨——風雨之後，清風自來兮，汝心安在否

你是否有過刻骨銘心的等待故事？如詩人屈原《九歌》中的山鬼那場漫長的守候。山鬼雖是神的形象，卻完全是人間少女的情感。她盛裝打扮，前去與心上人幽會，情人卻始終未來赴約，山鬼獨自站在高高的山頂，四望不見人

影，她想到的是「歲既晏兮孰華予」——年華漸漸逝去，誰能使我的生命放出光彩呢！屈原在最後一節寫道：「雷填填兮雨冥冥，猿啾啾兮狖夜鳴。風颯颯兮木蕭蕭，思公子兮徒離憂！」

已經到了深夜，雷鳴電閃，風雨交加，落葉飄飛，猿鳴淒戚，山鬼依然徬徨佇立，不肯離去。

你的等待故事最終迎來了什麼結局？一個人守候或是轉身離開？在《詩經》中同樣記敘著一場等候。

風雨淒淒，雞鳴喈喈。既見君子，云胡不夷？

風雨瀟瀟，雞鳴膠膠。既見君子，云胡不瘳？

風雨如晦，雞鳴不已。既見君子，云胡不喜？

夷，通「怡」，高興的意思；瘳（ㄔㄡ），病癒的意思。〈鄭風．風雨〉的意境就是在風雨交加的夜晚等待，最後終於見到了要等的那個人。他們事先應該約定好了見面的時間和地點，其中女子先到一步，還沒有到時間，或者快要到時間了，女子有些期待地等待著，心跳也許已經加快。

誰知道天有不測風雲，這時候竟然突降暴雨，雷電交加，風也呼嘯，豆大的雨瓣就打在地上，連雞窩裡的雞都驚得咯咯地叫。女子的心隨著雞叫和雨聲也不安起來。他還會來嗎？這麼大的雨，他也許就不來了，他最好也別來，這麼大的雨，淋溼了怎麼辦？此時女子的內心是矛盾的，一方面希望他能夠冒雨踐約，一方面卻又怕他被淋溼。正在矛盾之際，抬眼看見對方滿身風雨而來。

我們可以想像女子臉上笑容的綻放，她的心情怎麼能不澎湃？她的心病怎麼能不解除？這就是：「風狂雨又驟，天地一片黑暗，雞群跟著不停地叫，我的心潮隨之起伏，他突然冒雨到來，頓覺喜上眉梢。」

〈風雨〉是《詩經》中大量借用外物的描述來加強詩歌本身感染力的代表

作，抒寫女子風雨之中懷人，並沒有直接說她怎麼想，心情怎樣焦急難耐，只是反覆透過「風雨」、「雞鳴」這兩種外界的景物來渲染女子的思緒，反襯出女子的擔心與矛盾，更顯示苦苦等待一個人的孤獨與沉悶。

等人確實是一件苦差事，相信每個人都有過這樣的經歷。這時候人容易變得焦躁不安，在左顧右盼之中，覺得時間怎麼過得這麼慢。而與能不能等到要等的人還是兩回事。等到了，對方能夠踐約，說明他人還不錯；要是負約，大多讓人傷心，落下一個壞名聲。

等待是一件極難做到的事情，張愛玲等了二十多年，終於等到胡蘭成的傾心相約，但還沒等好夢醒來，就發現情感已支離破碎，原來女子的等待是可以耗盡前世今生，而男子的赴約卻只是一場碰巧的遊戲。當二人最終擦肩而過，孤獨執著的張愛玲依然在等待，結果卻耗盡一生，再沒能等來讓她傾心的人。

恍然間明白，等待與約定竟是兩回事。

香港女作家李碧華的《胭脂扣》對守約與負約有淋漓盡致的體現，故事是說女子如花與男子十二少兩人以胭脂盒私訂終身，誰知卻遭到了十二少父母的阻攔。絕望之時，兩人相約一起吞食鴉片殉情，結果陰差陽錯，如花死了，十二少被救活。成為孤魂野鬼的如花在地下苦等，孤單有加，但她沒有〈風雨〉中這位女子幸運，〈風雨〉中的男子穿越風雨來踐約，而如花等的十二少在人間活了下去，終於有一天，如花按捺不住思念的心，費盡心思重返人世，遍尋十二少，再見到他時，才知道他真的負約了。她只好將當年定情之物的胭脂盒塞還給他，對他說了一句「謝謝你，我不想再等了」，後黯然離去。

許約容易守約難。《莊子．盜跖》中記載著一個誓死守約的故事，流傳千年，說的是一個叫尾生的男子認識了一位年輕漂亮的女子，兩人一見鍾情，君子淑女，於是就私訂終身，與《胭脂扣》中不同，這次是女子家嫌棄尾生家境貧寒，兩人約定在韓城外的橋梁相會，雙雙遠走高飛。那一個黃昏時分，尾生提前來到橋上等候。不料六月的天氣變化無窮，突然下起了滂沱大雨。不巧山洪又暴發，大水挾泥沙席捲而來，淹沒了橋面，尾生抱著一根橋柱死去。

在這則抱柱而死的故事中，男主角尾生對於諾言的信守雖然有點迂腐，但古人確實能夠做到一諾千金，滿身風雨來踐約是習以為常之事，有時為了諾言，他們不惜犧牲掉自己的性命，尾生就是個活生生的例子。

相對於古人來說，現代人在快速變化的社會生活中拚命地謀取利益，很多人並不把諾言當回事。〈風雨〉給人上了生動的一課，兩千多年前，那個穿越風雨來踐約的男人帶給等待者多麼大的喜悅，也帶給我們多麼大的現實意義。

說起等待，不得不提到席慕蓉寫的〈一棵開花的樹〉。

如何讓你遇見我
在我最美麗的時刻 為這
我已在佛前 求了五百年

求佛讓我們結一段塵緣
佛於是把我化作一棵樹
長在你必經的路旁
陽光下慎重地開滿了花
朵朵都是我前世的盼望
當你走近 請你細聽
那顫抖的葉是我等待的熱情
而當你終於無視地走過
在你身後落了一地的
朋友啊 那不是花瓣
那是我凋零的心

這世間有多少等待的故事，歌手迪克牛仔的粗獷歌聲讓多少人落淚，有多少愛可以重來，有多少人值得等待，滿身風雨的我還能等到你嗎？

＊汝心安在否

這世間多的是痴情男女，心中的相思是一條苦惱的河，就看是否有耐心等待那個渡河相守的人！而風雪雨霜都只能算是一種考驗，考驗他是否會不顧一切來穿越，結果也只有兩個：來，或者不來。

風雨之後，清風自來兮，汝心安在否？柴門聞犬吠，風雪夜歸人，我確實風雨兼程回來了，你還在等我嗎？還會那麼在意我嗎？

鄭風．山有扶蘇——荷花叢中的等待，採蓮女的暢想

山有扶蘇，隰有荷華。不見子都，乃見狂且。

山有喬松，隰有游龍。不見子充，乃見狡童。

讀這首詩的時候會有幅動態的畫面，山上小樹，陌道縱橫，一個女子靜靜地走在山間小道，慢慢地來到一處沼澤，突然發現沼澤中的荷花正在盛開。於

是她坐在池邊，輕輕唱著心中的歌，幻想著下一秒遇見的人。時間流逝，未等來一直傾慕的美男子，卻來了一個輕薄的狂人。

大約記得一些名家的解釋，東漢經學大師鄭玄說：「言乎所美之人實非美人。」現代古文字學家高亨以為這詩寫「一位女子沒見到自己的戀人，反而遇到了一個惡少的調戲」。歷史學家孫作雲先生的看法，〈山有扶蘇〉屬嘲笑、戲謔的小歌，是在「會合男女、祭祀高禖、祓禊求子」的背景下唱出來的，「是男女歡會節日之詩」。還真是百家爭鳴，百花齊放哪。

個人覺得，就當下而言，〈山有扶蘇〉的味道在於女人的俏皮，想像兩千多年前一位女子俏罵、戲謔情人的畫面，難道不動人心扉嗎？不妨說，戀人約會的時候，女子早早來了，男子卻姍姍來遲，讓女子既喜又惱。心裡高興著，嘴裡卻仍罵著：「我等的人是子都那樣的美男子，可不是你這種不守信用的狂妄之徒啊；我等的人是子充那樣的善良人，可不是你這種輕浮浪蕩的狡猾少年啊！」

這樣風趣幽默的戲謔手段，也是女子整治男子的拿手好戲。見面時能打情罵俏，不更表示他們心無隔閡、口無遮攔、親密無間嗎？這樣想來，兩千多年前那個情竇已開的濃情女子，其戲謔情人時的欣悅與野性情態，正活靈活現地展現在我們眼前。

《詩經》裡的人都純粹得可愛，喜歡和憎惡那麼直接，沒有過多的迂迴戰術，如果可以偶遇，一段戀情就慢慢滋生在彼此心間了，即便山無棱，地無角，也要聽到彼此的心跳。

「春風復多情，吹我羅裳開」，戲謔之後，女子的氣消了，夏日裡，她靜靜微笑。這樣的女子讓後代的文人墨客生出許多關於採蓮女的暢想。詩仙李白在〈採蓮曲〉裡再現了一個我見猶憐的女子形象：「若耶溪傍採蓮女，笑隔荷花共人語。日照新妝水底明，風飄香袂空中舉。岸上誰家遊冶郎，三三五五映垂楊。紫騮嘶入落花去，見此踟躕空斷腸。」採蓮女子的衣袂被風吹起，荷香體香共飄蕩。那岸上誰家遊冶郎，見此美景，會是怎樣的感想？好一句「空斷腸」，似乎都可聽見盛世男女的渴望：心在跳，臉色也變了。多虧被荷花叢遮蓋住了。

大詩人白居易更是細節化了這個採蓮女的嬌羞：「菱葉縈波荷颭風，荷花深處小船通。逢郎欲語低頭笑，碧玉搔頭落水中。」（〈採蓮曲〉）這該是多麼窘迫的場景，心愛的人就在面前了，想說些什麼卻無從開口，一低頭的溫柔淺笑，還是心緒紛亂，剛一抬手，那斜插的時髦髮簪掉落在水中了，本想給他最美的容顏，卻不料情節戲劇化了，她匆匆別過臉，希望自己的尷尬沒有讓他看見。

荷花的點點花蕊正如女子的白嫩容顏，於是從《詩經》裡走出的荷花，就從容地開在喧囂的人間，任後人在觀望時不斷讚嘆，不斷遙想。

正是這份暢想與歡喜情趣，荷花似乎與美好卻無法擁有的情誼相連了。我們才更加注意，長在兩千多年前窪地池沼裡的荷花，它透過時間的波動紋理，讓我們感覺到芙蓉色和蓮子心顯現了說不盡的美、道不透的智慧。

第二章 柔腸百轉單相思

單戀，自己把自己一口口地品著，隔著時光的杯，自己把自己灌醉。方知，這樣的愛並不悲哀。沒有塵世的牽絆，沒有俗豔的錦繡，也沒有混濁的泥汁。簡明，俐落，乾淨，完全。這種愛，古典得像一座千年的廟；晶瑩得像一彎星星搭起的橋；鮮美得像春天初生的竹筍。

陳風・澤陂——柔腸百轉單相思

你有沒有暗戀過一個人？或許對方也知道你喜歡他，自己卻一直害著單相思的病症？單相思的感覺就好比吃了一碗酸辣粉，柔腸百轉的酸辣滋味慢慢地把甜蜜沖淡。直到你酸得發苦、辣得掉淚，卻還一次又一次地抵擋不住美味的誘惑。我有一個朋友說，她每隔一週就要跑到街上的小攤吃一頓酸辣粉或麻辣燙過過癮，這酸和辣她是真戒不掉。她說：誰讓我喜歡呢？

〈陳風・澤陂〉這首詩，也是抒寫一個關於單相思的故事。詩中這名女子因愛上了一個男子，每天對他魂牽夢縈，吃不好睡不下，患得患失，整天被折磨得涕淚縱橫的。戀愛中的女人啊，她是那麼敏感而易變，情緒隨時會大幅度升降起伏。一想到那男子多看了她兩眼，就會樂得心花怒放；再想到人家根本沒有在乎她，就會傷心無助地抱頭哭泣。這樣一個年輕懵懂的少女，情竇初開就墜入情網，她的情緒隨時隨地被意中人牽動著，她多麼想讓他明白她的心意，她多麼想靠近他、關心他。然而，她的愛慕和心事只有她自己知曉吧，或許男子知曉了卻沒有回應她，她才如此落淚傷懷啊。

> 彼澤之陂，有蒲與荷。有美一人，傷如之何？寤寐無為，涕泗滂沱。
>
> 彼澤之陂，有蒲與　。有美一人，碩大且卷。寤寐無為，中心悁悁。
>
> 彼澤之陂，有蒲菡萏。有美一人，碩大且儼。寤寐無為，輾轉伏枕。

蕑（ㄐㄧㄢ），蘭草。漢代的研究專論《毛詩序》說此詩是：「刺時也。言靈公君臣淫於其國，男女相說，憂思感傷焉。」秉持此種說法的人認為，該詩每節前兩句都在寫夏姬之美，說夏姬正是那「有美一人」所指，而水中的荷葉、蘭草與蓮花都是形容此女的風姿綽約。詩文的後兩句，則是藉以表達對陳靈公與夏姬荒淫無度的諷刺。看〈澤陂〉，詩句意境優美，言辭清新率直，情感噴薄而發，若是「刺時」，那確實「刺」得相當隱晦了。也有人把此詩解為男子相思或女子懷人的，根據讀詩的感覺，我仍不太贊同。我寧願相信這是一首女子單相思的詩歌，你看，在那池塘堤岸邊，長有蒲草與荷葉。有位俊俏美男子，愛他讓我多心傷？日夜想他難入睡，眼淚鼻涕落一把。在那池塘堤岸旁，生有蒲草與蘭花。有位俊俏美男子，身材高大品行好。日夜想他沒辦法，心中愁悶又難熬。在那池塘堤岸邊，既長蒲草又有蓮。有位俊俏美男子，身強體健真威嚴。日夜想他難自持，輾轉反側睡不著。

女子對意中人的狂熱相思之情，這名男子並沒有給予她什麼愛的回應，所以她才寤寐無為，輾轉難眠，情意無處寄託。

這樣說來，〈澤陂〉不就是一首女子版的〈關雎〉嗎？在〈關雎〉一詩中，男子也是「寤寐思服」，並同樣「輾轉反側」，男主角最初也沒有與意中人談戀愛，只是處於一種單方面的狂熱追求狀態。這就是做男子的好處啊，不管妳女孩子答不答應，我就是要瘋狂地追求妳，哪怕用盡各種辦法，也要討得女孩子的歡心，還生怕別人不知道呢。而〈澤陂〉裡的女主角，就比較矜持和被動，畢竟是女孩子家，臉皮薄，沒辦法主動追求男子，只能遠遠看著、心裡念著。

關關雎鳩，在河之洲。窈窕淑女，君子好逑。
參差荇菜，左右流之。窈窕淑女，寤寐求之。
求之不得，寤寐思服。悠哉悠哉，輾轉反側。
參差荇菜，左右采之。窈窕淑女，琴瑟友之。
參差荇菜，左右芼之。窈窕淑女，鐘鼓樂之。

水鳥雎鳩在河中的小島上婉轉地對唱，那個賢淑美麗的女子出現了，她正是我的夢中情人和理想對象啊。這勤勞的、不停地採摘著青荇菜的女子，她就是讓我日夜思念和追求的人啊。我早已對她表明心跡，她卻始終都沒回應，害得我日夜思慕愛如潮水，晚上躺在床上不住地翻來覆去，我得想個辦法接近她啊。我那勤勞美麗的夢中情人啊，我願意天天彈琴鼓瑟接近妳，我願意敲鐘擊鼓換妳展顏一笑，我什麼都願意為妳做，請妳接受我吧！

瞧，這名男子和〈澤陂〉裡的女子所處的狀況多麼相像啊，都是因為單相思而輾轉難眠、憂鬱苦悶，只不過這男子更直白大方一些，雖然兩個人都是「剃頭挑子——一頭熱」，男子卻能夠做到毫無顧忌地追求中意的女子，他在求愛受挫的時候還能愈挫愈勇。雖然他的愛情不一定會有希望，但在〈關雎〉中最終也看不到男子的悲觀和絕望，他只是一味地想著怎麼俘獲女子的芳心。畢竟愛要讓對方知道，就像〈澤陂〉裡的女子，不爭取是毫無希望可言的。但是那時的一個大家閨秀或者小家碧玉，她的矜持和懂禮又不允許她主動出擊，只有在期待意中人注意她的同時，夜半獨自揮淚抒懷了。

大文豪蘇軾曾在官場失意和感嘆韶華流逝之時寫下了〈蝶戀花〉一詞，該詞歷來題解爭議頗多，一千個人眼中肯定也會有一千個蘇軾，你看他在詞中寫道：

花褪殘紅青杏小。燕子飛時，綠水人家繞。
枝上柳綿吹又少，天涯何處無芳草！

牆裡鞦韆牆外道。牆外行人，牆裡佳人笑。

笑漸不聞聲漸悄，多情卻被無情惱。

杏花謝了長出青青的小杏，晚春時節，燕子飛掠而過，有一條清澈碧流環繞著幾戶人家。別看那枝條上的柳絮被風吹得越來越少，不久又會到處長滿茂密的芳草。一戶人家的圍牆內，有一位女子正在盪著鞦韆，牆外走著的人都不禁被她那動人的歡笑聲所吸引。再去細聽，笑聲慢慢地消逝了，聽者不禁悵然若失，唉，多情的人總是被無情的人傷害。好一個「多情總被無情惱」，不正是道出了單相思的惆悵與苦悶了嗎？

落花有意隨流水，流水無意戀落花。落花已作風前舞，流水依舊只東去。終於明白為什麼會有「情到深處情轉薄」的說法了，如果你一味地深情付出，而對方卻沒有一點點回應，你已經深陷進去，明知道一切毫無結果，左右不過是自導自演、自作自受的獨角戲罷了，但是你又必須從愛的泥沼中抽身，再默默告別，轉身離開，所以必須要「情轉薄」了。

詞人晏殊在〈玉樓春〉一詞中，也表達了類似的相思之情：

綠楊芳草長亭路，年少拋人容易去。

樓頭殘夢五更鐘，花底離愁三月雨。

無情不似多情苦，一寸還成千萬縷。

天涯地角有窮時，只有相思無盡處。

一句「無情不似多情苦，一寸還成千萬縷」，正抵得上蘇軾那一句「多情總被無情惱」。當你的感情付諸一空，總會有千絲萬縷的傷痛，每觸及一根便會扯得生疼，愛不能及時盛開綻放，這本身就是一種對自己的傷害。當你的感情用對了人，互相鍾情於彼此，這才是莫大的幸福。相思只有在兩個人同時進行時才會甜蜜。單相思，注定了多情總被無情惱。

狂放孤高、灑脫不羈如李白者，也難免會有被情所困的時候。詩仙在〈秋風詞〉中寫道：「秋風清，秋月明，落葉聚還散，寒鴉棲復驚。相思相見知何日？此時此夜難為情！入我相思門，知我相思苦，長相思兮長相憶，短相思兮無窮極，早知如此絆人心，何如當初莫相識。」

既然已知相思之苦，早知道情愛如此牽絆我的心，還不如當初不要相識相戀的好。李白筆下是這樣寫的，可是他之所以抒發出來了，就是因為內心難以釋懷，作詩詞以排遣，也不過是聊以自慰罷了。

＊無情不似多情苦，一寸還成千萬縷

電影《初戀那件小事》卻是一個由女生暗戀、單戀，最後成功轉向男女主角彼此愛上的故事。各方面都平凡得讓人無法記住的小嵐，毫無懸念地愛上了學校裡最帥、最優秀的學長小莫，她只希望能引起他的注意，為此不斷努力提升自己。小嵐的美女「大變身」計畫，的確是單相思帶來的動力，她始終認為，「要讓愛情成為動力，讓自己變得更厲害，更漂亮，每個方面都變得更好，那個人就會自己回頭看你」。的確，她成功地贏得了小莫以及別的男生的刮目相看，她終於鼓足勇氣向他表白：「我所做的一切，我努力改變自己，都是為了你。我去報名參加舞蹈社，去演話劇，去當軍樂隊指揮，努力讓自己學業進步，都是為了你。但是我現在知道，我最該做也早就該做的事情，就是親口對學長你說：我喜歡你。」看來，單相思對於女孩子也並非壞事。像小嵐那樣獨一無二的女孩子，早晚有一天會令人青睞有加。

那令人柔腸百轉的單相思啊！從古代女子的矜持和輾轉反側，到現代女子將它轉化為一種提升自身魅力的動力，它真是一碗愛情的麻辣燙，讓人難以抵擋、欲罷不能。若是你遇見她心儀的他，請麻煩告訴他一聲哦。

邶風．簡兮——那些年，少女追過的美男

簡兮簡兮，方將萬舞。日之方中，在前上處。

碩人俁俁，公庭萬舞。有力如虎，執轡如組。

左手執籥，右手秉翟。赫如渥赭，公言錫爵。

山有榛，隰有苓。云誰之思？

西方美人。彼美人兮，西方之人兮！

口中正緩緩吟誦詩句，略一托腮沉思，那思慕領舞「碩人」的少女怎似曾相識？那不就是我年少時候的姐姐嗎？小時候村子有齣大戲，我隨著姐姐去看熱鬧，待那位玉樹臨風的小生登場，他一亮身段便迅速吸引了姐姐的目光，此後的幾場戲裡她都是在看他了，隔著遠遠的距離，眼裡滿是敬仰、愛慕，回到家裡還和朋友談論他如何英俊帥氣。

由此，我想〈簡兮〉的作者應該也是一位涉世未深且情感懵懂的小女孩吧，對待美男子不由得有思慕崇拜之心。在成長的過程中，不斷聽到女孩仰慕的對象，有年輕俊朗的老師、高年級酷酷的學長，甚至是某位風流倜儻的大明星。細想，這種情愫更多的是一種遠距離的仰慕。本詩的作者對「碩人」的思慕，隔著距離抒情歌頌，你看，她不過是他的一個狂熱粉絲罷了。

俁俁（ㄩˇ），魁梧高大的樣子。籥（ㄩㄝˋ），古代的一種樂器。在陽春三月草長鶯飛的美妙季節，在細流潺潺的河畔，樂師敲擊著美妙的編鐘，舞師開始起舞，鑼鼓咚鏘咚鏘響，萬舞表演即將開場。太陽照耀正中央，舞師領舞在前行。身材高大又威武，宮廷之上展萬舞。扮作武士力如虎，手握韁繩排陣組。左手拿起三孔笛，右手揮動野雞羽。小臉通紅如著色，衛公稱讚賜滿杯。榛樹長在高山頂，低窪地裡生草苓。若問心中想著誰？正是西方美男子。那位美男子是西方周邑人啊！少女站在人群中，遠遠地觀望著他，或許她從未走近這位舞師的生活。只是好幾次像這樣默默觀望、偷偷喜歡著這個面目俊美、身材有型的男人。有一天，他突然出現，怎能不讓她眼前一亮？他的體型容貌、颯爽英姿從此縈繞腦海，快快打聽下他來自哪裡，她早已為他怦然心動。這點多像今天的追星族啊，我是你的粉絲，我為你痴、為你狂、為你著迷，也為你語無倫次。純情的少女大抵如此。

在西周時代，正是巫風比較盛行的時期，詩中的舞師所從事的當是巫師行業，而且他作為領舞者，定是比較高級別的巫師。不但外表瀟灑俊美，能歌善舞讓人敬佩，而且又有身分地位，如此一名優秀男子，怎能不讓懷春少女心生戀慕之情呢？試想，這位俊美舞師的粉絲肯定是一波又一波的吧？他舞到哪裡，便萬人迷到哪裡。他的美麗光芒是沒有界限的，更不會是專屬某一個人的，正如〈魏風．汾沮洳〉所寫：「美無度，美無度」，生來就美貌啊！身材高挑又修長，額角寬闊又有型，美目張開向人瞟，那舞步真是妙啊，惹得眾少女心生嚮往。

提及追星，可謂源遠流長，可從中國古代美男子排行榜說起，我一直堅持河南中牟（今中牟縣）的潘安為古代第一美男。而「貌似潘安」一詞，也早已成為千古美男的代稱，可見潘安的知名度和認可度是遠在其他美男之上的。若說潘安究竟有多美，史書載有三字：「美姿儀」，即「姿容既好，神情亦佳」，可見他容貌與氣宇皆為人中之龍。潘安的美貌在當時的社會引起了強烈轟動，他也因此擁有了眾多的死忠粉絲和愛好者。還記得潘安年輕時的洛陽出遊嗎？引得遠近的年輕女子看到他就不自覺地跟著他的車奔走，那場面想來相當驚豔壯觀。女粉絲還有更瘋狂的呢，很多女子對他一見傾心，迫於無法親近，便往他的車上投擲蔬菜瓜果，結果一路下來被「擲果盈車」，凡潘安驅車出遊，往往各色水果滿載而歸。

可與潘安比肩的古代美男，唯有宋玉宋子淵，人稱「美如宋玉，貌似潘安」。戰國時鄢（今湖北襄陽宜城）人宋玉是屈原的弟子，擅長辭賦。關於宋玉的美貌，史書雖無直接記載，但可從〈登徒子好色賦〉中窺見一斑，賦言「東鄰之女」增之一分太長、減之一分太短，其肌膚勝雪、腰肢細軟，如此玉人隔牆仰慕宋玉三年，他竟不為所動，可見其自信和自傲。

排行第三的當是衛玠，河東安邑（今山西夏縣）人。由於衛玠生得「花一般嬌，粉一般嫩」，又時常坐著白羊並駕之車在洛陽城遊逛，遠觀恰如一尊白玉雕像，因此被人譽為「璧人」，後來「璧人」便成為美人的代稱。衛玠也擁有一大批狂熱的粉絲，到江東時竟「觀者如牆堵」，他被無數女子裡外三層圍觀，相傳衛玠又極好藉「清談」賣乖，使得他在街頭行進時舉步維艱，接連幾天都無法好好休息，原本花嬌粉嫩、體質不佳的衛玠，硬是這樣被眾粉絲給活活摧殘早凋了。

自古備受追捧的美男行列，自然還少不了《詩經》年代鄭國的子都。子都，本名公孫閼，〈鄭風〉中有好幾首詩狠狠地誇了子都一番，許多女孩內心都希望自己和美男在一起，他無疑是大眾的夢中情人。這個夢中情人惹得大儒孟子發話：「至於子都，天下莫不知其姣也。不知子都之姣者，無目者也。」（《孟子．告子上》）誰沒長眼睛，不知子都的美貌啊！孟子也是子都的粉絲。

我們在《詩經》裡散步，三百篇細數下來，沒有一篇關於美男的詩赤裸裸地直說他高說他富說他帥的，都是透過女孩子的行為和言語表達，情意綿綿，〈簡兮〉是個代表，懵懂少女遠遠地觀望碩人起舞，看似波瀾不驚，內心早已暗流洶湧。當歲月流逝，所有的東西都消失殆盡，少女追過的那些美男都留在了文字裡，惹人戀戀不已。

＊姿容既好，神情亦佳

衛風．淇奧——謙謙君子，溫潤如玉

瞻彼淇奧，綠竹猗猗。有匪君子，如切如磋，
如琢如磨。
瑟兮僩兮，赫兮咺兮。有匪君子，終不可諼兮。
瞻彼淇奧，綠竹青青。有匪君子，充耳琇瑩，
會弁如星。
瑟兮僩兮，赫兮咺兮。有匪君子，終不可諼兮。
瞻彼淇奧，綠竹如簀。有匪君子，如金如錫，
如圭如璧。
寬兮綽兮，猗重較兮。善戲謔兮，不為虐兮。

僩（ㄒㄧㄢˋ），豪爽的樣子，心胸寬廣；咺（ㄒㄩㄢ），容光煥發，有威儀，磊落。諼（ㄒㄩㄢ），忘記。弁（ㄅㄧㄣˇ），古時男子戴的一種帽子。

簀（ㄗㄜˊ），床蓆。看看這些我們不太認識的字都是美好歌頌的意思，就知道這篇詩文所講的也是一位溫潤如玉的美君子。《毛詩序》中說：「美武公之德也。有文章，又能聽其規諫，以禮自防，故能入相於周，美而作是詩也。」《毛詩序》中所說的「美武公」即衛國的武和，他曾經是周平王的卿士，在當時受人愛戴，故有了這首〈淇奧〉歌頌詩。史書上記載這位老者，在他九十多歲時依然廉潔清正、待人寬容、虛心向善，今天看來依然是為人的典範。

眼前彷彿看到，在蜿蜒的淇水河畔，翠綠茂密的竹林叢中，有一翩翩君子超然物外，不僅面目如玉石雕琢，其文采德行更勝一籌，他與人相處時更是謙虛有禮、溫潤如玉。好一個謙謙美君子啊，「如金如錫，如圭如璧」，令人欽佩、令人嚮往，令人一見再難忘。你看淇水彎又彎，翠竹茂盛多婀娜。有君子風采超然，面貌似象牙雕砌，眉目如美玉思索。其人莊嚴又威武，光明磊落坦蕩蕩。這君子風采超然，令你過目不得忘。看那淇水清又澈，綠竹一片清一色。有君子文采斐然，充耳寶石亮晶瑩，帽上玉石閃若星。看他威武又莊嚴，光明坦蕩又磊落。君子文采真風流，令你過目不能忘。看那淇水曲又深，綠竹招搖又婆娑。有君子風采風流，才學精神如金錫，德行高潔似圭璧。看他寬厚又溫潤，行事持重又穩健。談笑間幽默風趣，不薄人來不失信。

關於「謙謙君子，溫潤如玉」的出處已無從考，但可從一些著作篇章中來觀其端倪。《易經》第十五卦裡，出現了「謙謙君子」一詞。《詩經．秦風．小戎》中有：「言念君子，溫其如玉」，抒寫女子思念征戰沙場的夫君。據說，在金庸先生的《書劍恩仇錄》中能查到該句完整出現的記錄：「情深不壽，強極則辱，謙謙君子，溫潤如玉。」這四句小詩，刻在乾隆贈予陳家洛的玉珮之上。它或許就出自金庸先生之手，或許還另有他人也未可知。

不過，我卻想起另外一個令人難忘的人——李尋歡。古龍說他是個不可救藥的「浪子」、「酒鬼」，世人盛傳他是離不開美女和美酒的「風流探花郎」，我始終覺得他是一位溫潤如玉的謙謙美君子，驚豔絕倫、風流儒雅、遺世獨立。

《多情劍客無情劍》中，古龍這樣說：「李尋歡就是這麼樣一個人，你說他是君子也好，是呆子也好，至少他這種人總是你這一輩子很難再遇見第二個的。」李尋歡出場時已三十出頭，飽經憂患不幸，可卻有雙奇異的眼睛，彷彿是碧綠色的，溫柔而靈活，彷彿春風吹拂的柳枝、夏日陽光下的海水，總是充盈著令人愉快的活力。關外十年的流浪生活，他不停地雕刻心上人的雕像，然後黯然將它埋葬。他嗜酒如命，現實的苦痛酸楚，唯有醉裡尋歡，卻得以蚌病成珠。他是一代大俠，品行溫潤如玉，與人肝膽相照，從他對阿飛和龍嘯雲的情義可見一斑。

遙想當年，他還是李園的少主，皇帝欽點的「探花郎」，御筆親書門聯：「一門七進士，父子三探花」，在江湖中更是位列百曉生「兵器譜」排行第三的「小李飛刀」，身邊又有青梅竹馬的表妹林詩音，這是何等的雄姿英發，談笑間檣櫓灰飛煙滅啊。然人生如夢，李尋歡的救命恩人兼結拜大哥龍嘯雲，自見了林詩音後便相思入骨、一病不起，他求李尋歡把「表妹」許配給他，並承諾會一生珍愛與守護。龍嘯雲不知曉他倆從小已由父輩定了親，李尋歡是一個情感比較糾結的人，不忍見恩人相思而死，又不忍去求表妹嫁給別人，滿心苦楚纏繞，滿懷矛盾。從此他故意縱情聲色，左擁右抱，花天酒地，有家日夜不回，要給龍嘯雲和林詩音製造親近的機會。兩年之後，林詩音終於心力交瘁、徹底失望，嫁給了對她一往情深的龍嘯雲。李尋歡的計畫是成功了，但他內心疼痛難忍，一刻也不能停留於此，便散盡萬貫家財，將李園送給詩音作嫁妝，從此遠離官場、退隱江湖，一個人悄然出關療傷。

可憐之人必有可恨之處，很多人不能理解李尋歡為何將愛人拱手相讓。李尋歡有他自己的弱點，林詩音也有，古龍寫他們之間是君子與淑女的感情，謙謙君子往往將兄弟情義看得比什麼都重，窈窕淑女卻一味矜持隱忍，不敢自作主張，他們注定不能走到一起。然而，孫小紅出現了，她美麗多情、年輕樂觀、堅定明朗、敢愛敢恨，你在她身上看到的只有勇氣和信心，沒有一絲陰鬱。難怪李尋歡迎上她黑亮溫柔的大眼睛，心竟有些受不了地跳了又跳。她是李尋歡的幸運星，懂得他性格堅強卻情感脆弱，她能給予他林詩音不能給的信賴、支持和慰藉，她更懂得他們的幸福必須自己主動爭取。李尋歡在和她共同經歷了一番生死患難之後，終於握緊她的手不願再放開。我喜歡古龍給予李尋歡的幸福結局，這本該是屬於他的。他的胸懷那麼坦蕩寬闊，他的出發點永遠是對他人的關愛，重情重義，「人予我一分，我報他三分」，這樣一位溫潤如玉的翩翩君子的確讓人嚮往。

＊如金如錫，如圭如璧

金庸先生既然寫過「謙謙君子，溫潤如玉」，作為文化大師，他說過，他一生都想做到「謙謙君子，溫潤如玉」，至於什麼是「謙謙君子」，他也曾用《倚天屠龍記》中的男主角張無忌舉例，說別人冒犯了他，也不放在心上，一笑了之。張無忌的確心胸寬闊似海，仁厚博愛，當得起如此稱讚。

傳奇裡、詩歌中謙謙君子並不算少，現實中卻難得一見。哪有那麼多的「如金如錫，如圭如璧」；哪有那麼多「人予我一分，我報他三分」的合你心意。在都市魅惑的流光裡，即使與謙謙君子匆匆相遇，我們也未必認得。

鄭風．狡童——壞少年，站在深處壞笑

麥秀漸漸兮，禾黍油油。彼狡童兮，不與我好兮。

這首詩字數不多，名氣卻很大，名字叫做〈麥秀歌〉，作於周武王朝，被收錄在《古詩源》中。相傳其作者箕子是最早的文人。

箕子是商朝舊臣，當時，商紂王昏庸無道，縱情聲色，寵幸奸佞，誅殺忠臣。比干被殺，文王被囚禁。箕子比較幸運，他在勸諫紂王沒有結果的情況下，離開了朝歌。若干年後，武王建立周朝，讚賞箕子是個忠臣，就把他分封到朝鮮為諸侯。箕子被分封到朝鮮後，有一次去周朝朝拜，路過原來商朝的都城朝歌，看到城牆宮室毀壞，長滿了野生的禾黍。箕子對商朝由於商紂王的昏庸而滅亡感到非常的傷心。想大哭一場來祭奠，可是此時已是周朝，自己還做了周朝的諸侯，於理不合；他只能偷偷地哭泣幾聲，寫下了千古傳唱的〈麥秀歌〉。

這裡「狡童」自然代指紂王，隱含的意思是：你這頑童，不聽我的勸，如今落到這般田地。按照歷代的解讀，先民似乎都是一些十分理想的讀者，遺老遺少十分理解詩詞中隱晦的內涵，聽見〈麥秀歌〉，自然知道歌唱的是什麼，無不動容流涕。這種手法叫做「借喻」，比如大詩人屈原後來也是用美人代指國君，香草代指賢德，樹蘭植蕙代指培育英才，就是從前輩的詩詞中汲取營養，都屬於此類。

但現代讀者如你我者，讀這首詩，更大的可能，就是認為它是一首簡單的情詩。麥實旬旬，禾苗油油，你個壞小子啊，為什麼不和我相好啊？脫去古人的政治附會，簡單順暢，又極盡纏綿。

在《詩經》中，有另一首詩歌，與〈麥秀歌〉幾乎如出一轍。這首詩，就是〈鄭風〉中的〈狡童〉：

彼狡童兮，不與我言兮。
維子之故，使我不能餐兮。
彼狡童兮，不與我食兮。
維子之故，使我不能息兮。

你這個小子啊，不和我說話啊，因為你的緣故，使我茶飯不思啊。你這個小子啊，不和我吃飯啊，因為你的緣故，使我難以入睡啊。詩中女孩形象嬌嗔可喜，而那個小子呢？也似乎若隱若現，站在女孩看不見的地方，壞壞作笑。

〈麥秀歌〉與〈狡童〉共同構建了惹得女孩著急的壞少年形象：布衣短衫，身瘦骨奇，嘴角似笑非笑，眼睛閃閃發亮，手拿一枝青竹，篤篤地敲著矮牆。任憑少女跟隨身後死纏爛打，他也一副不置可否的樣子。少女咚咚跺著腳，無可奈何，淚染香腮。

他永遠知道怎樣逗人喜愛，也永遠知道怎樣不即不離，永遠知道怎樣輕易拋擲。女孩卻永遠看不出他真正的想法。

在曹雪芹的《紅樓夢》中，賈雨村有一段非常著名的論述。大意是：周行天地間，無非正邪二氣，人稟氣而生，得承正氣者，必為聖人賢良；得賦邪氣者，必為巨奸大盜；而稟天地正邪二氣而生之人，「在上則不能成仁人君子；下亦不能為大凶大惡。置之於萬萬人中，其聰俊靈秀之氣，則在萬萬人之上；

其乖僻邪謬不近人情之態，又在萬萬人之下。若生於公侯富貴之家，則為情痴情種，若生於詩書清貧之族，則為逸士高人，縱再偶生於薄祚寒門，斷不能為走卒健僕，甘遭庸人驅制駕馭，必為奇優名倡」（第二回〈賈夫人仙逝揚州城冷子興演說榮國府〉）。

這樣的人，恐怕就是狡童吧？他總是壞壞的，喜歡妳又不在乎妳，讓妳依戀他卻又不珍惜妳，他永遠知道，最能產生效果的方式便是半愛憐半不滿。它不是最好的方式，卻是最易讓人動情的方式。在每個人的生命裡，似乎都有這樣一個不能愛、不能恨又不能忘的狡童吧！我們的生活中，還有影視作品中時常會出現這麼一個壞小子，整天滿不在乎、滿口髒話，身邊有個女子時時追隨他，他卻不能給予女子什麼。

女子沒有等到心愛的那個人，在過去多年之後，壞小子還會讓人懷念的，只是如〈狡童〉中的少年一樣，他不曾知道，早在許久以前，他的一舉一動、一言一語都在女子青春懵懂的心裡鑄下了一枚枚烙印。

鄭風・子衿——欲言又止，那種含蓄的愛戀

青青子衿，悠悠我心。縱我不往，子寧不嗣音？

青青子佩，悠悠我思。縱我不往，子寧不來？

挑兮達兮，在城闕兮。一日不見，如三月兮。

《詩經・鄭風》中的這首〈子衿〉女主角也是含蓄的，在城樓眺望，不見郎來，只是在心底默默念叨，青青的是你的長領襟；悠悠的是想念你的心。就是我不曾去找你，難道你就不能主動捎個信給我嗎……

搖曳的旗袍，昏黃的路燈，一切欲說還休的情感，如一張泛黃的老唱片，在歲月的留聲機中靜靜旋轉。電影《花樣年華》中也是這樣溫情脈脈，講述一場欲言又止的愛情故事。

男女主角的這種感覺是很美妙的，或許就是心靈感應吧。含蓄的愛在彼此

間互相感覺、互相猜測，因為沒有明確表示，有時會懷疑自己的直覺，故含蓄的愛容易錯過，在現實中錯過，一段感情放在心裡，有些遺憾，卻又很珍貴，所以可以天長地久。

與古詩和電影不同，在現實生活中，現代人做事一向以結果為導向，飲食提倡速食，對待愛情也是如此，現代人的愛情就像泡麵一樣，泡泡就可以吃了，幾分鐘的時間。大家都沒有耐心去享受愛的過程，只在乎愛的結果，倒不是大家有多麼重視這個結果，而是現代人都很現實。很多東西對他們而言都很重要，比如金錢、時間，誰都不願無謂地付出，不願無謂地浪費時間。

還會有人花幾年的時間去等待或追逐那沒有明確結果的愛情嗎？有，被人稱為傻瓜的少數人。開始得快，結束得也快，所以現代人都在感嘆：一段感情，剛開始是簡單的，但維持它是困難的。現代人都將愛情視為最奢侈的珍貴品，這有些矛盾卻又合情合理。

愛情是兩個人的事情，一個人的愛情是一廂情願，兩個人才是兩情相悅。自古以來，在愛情的雙方裡，強調女人該保持矜持，也可理解為含蓄，但現代的愛情觀又鼓勵女人主動，不然就會失去機會，成為「剩女」。那現代女人的愛情到底該含蓄還是主動呢？這是不少現代女子苦惱的問題。在茫茫人海中、千百年後遇到了夢中的那個他，為了保持女人應有的矜持，也就擦肩而過了，女人只能嘆息一聲，等待下一個他的到來。

為了含蓄，有時候一段感情結束時，女人不去過問理由，就是為了表現無所謂的態度，儘管心裡很傷心、痛苦。也有勇敢的女人，敢愛敢恨，敢說敢做，但也有人告誡：在愛情裡，如果女人太主動，就不會被珍惜。如此，讓人如何是好？

其實含蓄也好，主動也罷，「蠶豆花開映女桑，方莖碧葉吐芬芳。田間野粉無人愛，不逐東風雜眾香」。不願從大流、不願媚俗，我們只是想得到一份自己想要的愛情而已。

保持適當的心態，不過於含蓄，也不應過於主動。愛情到來時請以一種信任、理解、包容的心態對待。我願意相信，有情人終成眷屬。

＊青青子衿，悠悠我心

第三章 願時光清淺，許你安然

於千萬人之中遇見你所遇見的人；於千萬年之中，時間的無涯的荒野裡，沒有早一步，也沒有晚一步，剛巧趕上了。因為時光薄涼，歲月帷幔，輕薄如紗，相愛的日子，或許給它起個名字，就叫相依。願很久很久以後，風蝕記憶，卻揮不去歲月裡的容顏。

唐風．綢繆——在最美時候，遇見對的人

綢繆束薪，三星在天。今夕何夕，見此良人？
子兮子兮，如此良人何？
綢繆束芻，三星在隅。今夕何夕，見此邂逅？
子兮子兮，如此邂逅何？
綢繆束楚，三星在戶。今夕何夕，見此粲者？
子兮子兮，如此粲者何？

我們來看翻譯，捆捆柴草緊縛纏，抬頭三星亮可見。今晚是何好日子，竟把這樣人兒見見？喚聲你啊可聽見，可要將你怎麼辦？把把飼草捆緊緊，遙看三星落天際。今夜是什麼日子，竟把好人給遇見？叫聲你啊可聽見，竟然這樣的遇見？捆捆荊條緊緊纏，三星已落戶門邊。今晚是什麼日子，才把這美人

見？你啊你啊可聽見，如此美人可待見？

有人說這是首祝賀新婚的詩，有人說這是抒發男子婚前準備迎娶的激動心情，也有人說這是首歌唱情人相會的詩。《毛詩序》曰：「〈綢繆〉，刺晉亂也。國亂，則婚姻不得其時焉。」一向不大理會「刺」這個或「刺」那個的說法，兩三千年都呼嘯著疾駛過去了，我們不過想好好品味一首詩罷了，我還是願意相信這是一首關於遇見的詩，而且主角遇到的「良人」就是那個對的人。

還記得那位河中泛舟，對楚國鄂君子晳唱情歌的越女嗎？在〈越人歌〉中，她動情吟唱道：「今夕何夕兮，搴舟中流。今日何日兮，得與王子同舟。蒙羞被好兮，不訾詬恥。心幾煩而不絕兮，得知王子。山有木兮木有枝，心悅君兮君不知。」

二人並不相識，山有木兮木有枝，心悅君兮君不知。子晳，你知道嗎？時光流轉，河水滔滔，我對你是絕對的傾慕。話說子晳那天正好經過江邊，燈光隱約，暮色低垂，江心搖曳著月光，忽然他就聽到了越女的心事，無邊無際的江上有著清風與皓月，這是多麼美麗的相遇，子晳帶越女回家。

越女算是遇見了對的人。

席慕蓉的〈一棵開花的樹〉中，似乎只祈求一段遇見就滿足了，然而真到擦肩而過的時候，那落了一地的，不還是瓣瓣凋零的心嗎？我們彷彿一輩子都在遇見，又彷彿一輩子都在與人擦肩，有時候我們以為自己找到了；有時候我們覺得自己也許永遠都找不到。

看慣了圓滿，便渴望能遇見一樣的愛情，漸漸明白了這更像是自斟自飲一種淡甜的毒藥，等待緩慢地些許清醒了，才知道愛情並不都是完美的。

在超脫的武俠世界裡，林詩音與李尋歡青梅竹馬、郎才女貌，他們的相遇和相戀到底是對還是錯？周芷若很早就和張無忌遇見了，到最後還不是徒留一聲哀嘆。縱使哀嘆也好過李莫愁，李莫愁就無幸遇見張無忌那樣的謙謙君子，她遇見的是一個言而無信的陸展元。李莫愁破釜沉舟，背負著背叛師門和一生幸福兩個重擔投奔陸展元，卻被陸狠心拋棄，致使她性情大變。若非這段遇見，李莫愁定不會成為殺人不眨眼的女魔頭，也許是她自己太過苛求。美好的東西往往不會那麼容易得到，縱得不到，也大可不必就此自暴自棄、一錯到底。但是從她死前在絕情谷的一幕可以看出，她從不後悔愛上陸展元，即便恨，也不悔。我有一點想不明白，李莫愁到底愛陸展元什麼？連被灌迷魂藥的阿飛，都能夠突然想通了，對林仙兒說：「我只奇怪，我以前怎麼會愛上妳這種女人的？」可能是李莫愁再沒機會追問了，才至死都難以釋懷吧。

要不，你若早知道是個不完美的結局，是否還會有初次見到他的怦然心動？要不，你若知道了終是個空歡喜的相見，是否就會在見到他的時候，故意轉過身去裝作沒有看見？或是自己早已獨自哭成了淚人兒？

而在〈王風．丘中有麻〉一詩中，我們似乎可以看到女主角遇到了那個對的人。全詩敘述了女主角與戀人相識、相戀以及定情的整個過程，頗具生活情趣：

丘中有麻，彼留子嗟。彼留子嗟，將其來施。

丘中有麥，彼留子國。彼留子國，將其來食。

丘中有李，彼留之子。彼留之子，貽我佩玖。

遇見了對的人，還是挺幸福的。你看，人家女孩子主動叫男子來幫忙，不是為了加深印象、聯絡感情嗎？不久又叫男子來她家吃飯，正好大顯身手展示廚藝。男子的心終於被征服了，沒幾天便贈她玉珮作為定情信物。難怪這女子會忍不住把幸福講出來啊。

「那個對的人出現的時候，我怎麼知道，他就是呢？」在電影《20 30 40》裡面，劉若英曾說過這麼一句經典台詞。影片中，她正對著母親的墓碑說話，她渴望母親在天之靈給予她一點啟示，她說，當他出現的時候，妳能不能給我一點暗示，一個微笑，或者一陣風也可以……就在她轉身將要離開的時候，一陣微風拂過臉龐，她裙裾擺動，秀髮輕揚，抬眼便看到了那個男子，他也看到了她並微笑著打招呼，一段故事即將上演……他們算是幸運的。

＊子兮子兮，如此粲者何

而現實生活裡，當那個對的人出現的時候，往往沒有任何暗示。沒有清風、沒有微笑，也許你一個恍惚、稍不留神便擦肩而過，從此錯失了。這句看似清談的台詞，該傳達出很多人的心聲吧？「那個對的人出現的時候，我怎麼知道，他就是呢？」如果能預先知曉，沒錯！就是他！那麼我們定會毫不猶豫地走上前去，執子之手，與子偕老。還等什麼？牽著他的手，走過這寂寞的歲月，共度喧囂的人生。他便是清風，他就是微笑。

然而，生活有太多的不確定了，你怎麼知道他就是對的？沒有任何啟示，唯有一種引領你的感覺，但這感覺也未必總是可靠的。於是你猶豫、徘徊、等待、試探、反覆論證，時光流轉，終於只是又一次經過。哎，當時只道是尋常，哪知從此蕭郎是路人，猶如詩人林和靖所吟：「羅帶同心結未成，江頭潮已平。」

於是遇見或遇不見的故事，構成了我們人生的悲歡離合，遇見很好，此去經年，良人相伴，自此天高地遠，恩愛相加。遇不見也好，得不到的永遠在騷動，被偏愛的才有恃無恐。

過眼雲煙，當我們回頭，故人是否還在？

〈唐風．綢繆〉中的這對戀人，畢竟還是幸運的，今夕何夕，見此良人？子兮子兮，如此良人何？那隨著春的腳步而來的女子可是妳嗎？春天的一抹新綠為妳裁成一襲翠色裙衫，佩帶落在春的詩意裡，風情款款。最好的時光，不要被我們辜負。

陳風．月出——月光，美人，塵埃裡開出的花

中國人對月可謂情有獨鍾。自古以來，人們就把月光作為美好願望的象徵，無數次地讚美它，謳歌它。而在描摹月亮時，又往往牽動起對美人的情思來。

中國人向來認為，月亮是太陰星君，是陰中之尤物，而美人是女中之尤物。在歷代的詩詞吟誦之中，月與美人總是相依相伴。比如這首〈月出〉：

月出皎兮，佼人僚兮。舒窈糾兮，勞心悄兮。

月出皓兮，佼人懰兮。舒憂受兮，勞心慅兮。

月出照兮，佼人燎兮。舒夭紹兮，勞心慘兮。

這首詩裡的「窈糾」、「憂受」、「夭紹」，皆形容女子行走時體態的曲線美，懰（ㄌㄧㄡˇ）：嫵媚；慅（ㄘㄠˇ）：憂愁，心神不安。詩歌言志，意思是說詩歌本是用來抒發內心感受的，〈月出〉也是如此。看到自己喜歡的女子，在皎潔的月光下，男子就唱出了這一首歌。

天上月亮多麼皎潔，照見妳那姣美的臉龐，妳那優雅苗條的倩影，只能使我心中暗傷！天上月亮多麼素淨，照見妳那嫵媚的臉龐，妳那舒緩安詳的模樣，只能使我心中紛亂！天上月亮多麼明朗，照見妳那靚麗的臉龐，妳那婀娜多姿的身影，只能使我黯然神傷！

這首〈陳風．月出〉是陳國的民歌，是一首月下思念美人的情詩。詩人在皎潔晶瑩的月光下，看到與明月交相輝映的美人，頓時被融入月色中的美人容貌和體態之美所傾倒，於是暗暗地愛上了她。

月光、美人，這是一幅多美的畫卷。在這首〈月出〉中，皎潔明亮的月光，照著她嬌媚的臉龐，讓他懷想。長久的相思牽動著他的愁腸，痴戀的心情是多麼的焦躁、是多麼的煩憂。憂愁就這樣在遭遇愛情的男子心裡生長。「明月當空引人愁，萬家歡樂唯我憂。」皓月當空，清輝皎潔，千里的明月光中，詩人卻憂傷起來。這正說明了詩人的痴情和對愛的專注、深沉。《詩經》中那首著名的〈關雎〉裡「求之不得，寤寐思服。悠哉悠哉，輾轉反側」，與此時此刻詩人的心情完全相同。而詩中的美人，若真若幻，似夢非夢，恍惚迷離，究竟是作者心中的幻覺，還是現實中真實的場景呢？似乎沒有人能說得清楚。

世人對月光美人的最初印象應該就是從這首〈月出〉開始的。「月出皎兮，佼人僚兮。舒窈糾兮，勞心悄兮。」情調幽雋可愛，一個「皎」字，傳達出後人對月光的永久記憶。宋玉步其後塵，在〈神女賦〉中也用明月喻神女之美：「其少進也，皎若明月舒其光。」形成了「月亮與美人」的「月出皎兮」原型模式。「月出皎兮」的象徵意義，由此初次出現在文學活動中。相對於月光輕柔、溫婉，陽光似火的朝氣和男人很相近，而月光嫻靜優雅，更適合美人的窈窕感覺、嫵媚靚麗。拿月光來比美人，確實「勞心悄兮」，惹陽剛之氣的男人無盡地思懷。所以在關於月亮的神話中，嫦娥婀娜光潔，玉兔陪伴，步履輕盈而過，讓天蓬元帥都不住動手，結果惹下禍害。

於是月光等於美人幾乎成為一種意象，一種世間最動人的意象。說中國的月亮是從〈月出〉中升起的，也無可厚非。自此，中華民族情懷中就增添了一絲月光的浪漫，中國的文化長河裡蕩漾著一片浪漫的月光，後世之人的愛情也總在月光裡徜徉。

「那冰輪離海島，乾坤分外明。皓月當空，恰便似嫦娥離月宮，奴似嫦娥離月宮，好一似嫦娥下九重，輕輕冷落在廣寒宮，啊，廣寒宮！」冷麗侵骨的《貴妃醉酒》一曲吟唱盡了一個美麗女人的寂寞、怨艾和無所不在的驕傲，這意境與〈月出〉何其相似，一樣的皓月當空，一樣的佼人起舞，一樣的憂心暗傷。

唐代詩人張九齡〈望月懷遠〉中的「海上生明月，天涯共此時。情人怨遙夜，竟夕起相思」，道出了多情的人對遠方人的思念之情。南朝宋辭賦家謝莊〈月賦〉中的「美人邁兮音塵絕，隔千里兮共明月」與其意思相近，但意境更加雄渾壯闊。

而近代老舍先生《月牙兒》中，那「帶點寒氣」、在黑夜中灑盡幾絲月光，又在黑夜中消失的月牙兒，無不流露出作者對女主角的情感——月是淒婉的。作家霍達《穆斯林的葬禮》中的「新月」，情如月高潔、淚似月傾流，月圓月缺，情節跌宕起伏——月是淒美的。這一內涵豐富的意象，滲透了中國文人的多少情思啊。

文人筆下的月亮是如此寧靜、皎潔、清冷、神祕。猶如美人。寫了眾多頌月詩歌的李白就說過：「人攀明月不可得」，因此也為那隻辛苦搗藥的玉兔和形單影隻的嫦娥嘆息。臆想和幻想是美麗的，許多詩人或普通人把時間裝不下的情感都寄存到了那座冰清玉潔的天上宮闕，使它成為人類文化永久的收藏。

歌手鄧麗君的一曲〈月亮代表我的心〉也已成為經典：

你問我愛你有多深
我愛你有幾分
我的情也真
我的愛也真
月亮代表我的心
你問我愛你有多深
我愛你有幾分
我的情不移
我的愛不變
月亮代表我的心
……

*月出皎兮，佼人僚兮

無數古人無數次地與月亮的交流共鳴，才有了這句經典的言情之語：月亮代表我的心。這裡面沉澱了太多關於月亮的情愫。而周星馳的《大話西遊之月光寶盒》，當在清冷的月光下再次說完：「……如果非要加上一個期限，我希望是一萬年」，那種感覺更是使人潸然淚下。

〈月出〉中的這位美人，風姿卓絕、優雅嫻靜，在月光的映襯下，更顯其與世獨立。郭沫若有詩曰：「皎皎的一輪月光，照著一位姣好的女郎。照著她夭裊的行姿，照著她悄悄的幽思。她在那白楊樹下徐行，她在低著頭兒想甚？」（《卷耳集》）我們時常把女子比喻成月光，美人如花隔雲端，想像著她月下姣好的容顏，想像著她月下踟躕的婀娜倩影……我們在似夢非夢、似醉非醉中，模糊了雙眸，凌亂了心緒。

「樓上看山，城頭看雪，燈前看月，舟中看霞，月下看美人，另是一番情境」，這是清代文學家張潮小品文集《幽夢影》中的句子。想來這美人必定是美麗至極，方才讓作者苦苦留戀。這樣的場景，這樣的意境，這樣的心情，這樣的女子……兩個美麗的詞慢慢湧上心頭——楚楚動人，我見猶憐。

而能讓人從心底產生這種「愛憐」感覺的，必定是那清秀絕倫又柔情似水的女子。要是你真碰上了這樣的女子，那可以說是你的幸運；倘若你真是如此幸運，那請你務必把她當作手心裡的寶貝來疼。

鄭風．溱洧——河之戀，願時光清淺，許你安然

「追思兒戲時，宛然猶在目。……獨有溱洧水，無情依舊綠。」唐代大詩人白居易的這首〈宿滎陽〉所描寫的就是溱、洧二水。白居易對老家新鄭的這兩條河情有獨鍾，時常憶起幼時去玩耍的情景。到了老年，他還念念不忘，甚至發展到了魂牽夢縈的境地。足見詩人對這兩條河的感情至深。

溱洧，古水名，是河南新密（舊屬新鄭，現屬鄭州）境內的兩大河流。洧水橫貫新密東西，全長四十多公里，溱水自新密東北部至東部，全長二十八

點五公里，兩條小河相距很近，在新密東部的具茨山麓又合在一起，稱「雙洎河」，流入潁水，最後匯入淮河。

鄭國有一風俗，即每年三月三日上巳節，男女聚在溱洧之上，招魂續魄，手執蘭草，以除不祥。如果說黃河是華夏文明的搖籃，那麼溱洧就是鄭國文明的搖籃。鄭人的性情、習俗、文化、精神都是在溱洧流域進行繁衍和傳播的。溱洧對於鄭國有著根源意義。漢人高誘曾說：「鄭國淫辟，男女私會於溱洧之上，有洵之樂、勺藥之和。」鄭人的許多愛情故事發生在溱洧河畔，那裡承載著無數個甜蜜回憶。〈鄭風〉中就有一首作品是以溱洧命名的，描寫青年男女於三月三日上巳節在溱洧岸邊歡聚的盛況：

> 溱與洧，方渙渙兮。士與女，方秉蕑兮。女曰觀乎？士曰既且。且往觀乎？洧之外，洵訏且樂。維士與女，伊其相謔，贈之以勺藥。

溱與洧，瀏其清矣。士與女，殷其盈矣。女曰觀乎？士曰既且。且往觀乎？洧之外，洵訏且樂。維士與女，伊其將謔，贈之以勺藥。

這是農曆的三月間，溱河和洧河迎來了桃花汛，春水渙渙。岸上青草茂密，枝頭鳥鳴啾啾，陽光如金子般鋪灑下來，叫人春心蕩漾。愛情和喜悅之情一起在人心裡瘋長著。人們按捺不住內心的興奮，三五成群，奔向河邊，參加歡會。河邊已熱鬧非凡，男男女女，往來如織，人人手拿蘭草和芍藥，說著笑著，將本已有些許不安的春天攪動得歡騰起來。

「溱與洧，方渙渙兮。士與女，方秉蕑兮。」——簡簡單單十四個字，就為我們勾勒了一幅歡樂祥和的遊春圖，傳遞給我們無數欣喜、興奮的氣息！這是法令允許的仲春之會，《周禮》上說：「於是時也，奔者不禁。」——倘若兩人相互有感覺，就直接在野外親熱，也沒人認為是傷風敗俗，反而被看作是對大地豐產的祝福，是吉祥！

這首〈溱洧〉就記錄了這良辰美景中的一次相遇相愛。春水淙淙，蘭若芬芳。在熙熙攘攘的人群中，女子找到了自己的意中人。這個日子，誰都可以恣情任性。女子毫不掩飾，走上前去直率地對男子說：「去那邊瞧瞧如何？」男子有點驚喜，慌亂間竟傻傻地回道：「我已經去過一次了！」女子看著他呆傻的模樣，越發喜歡了，就仰著一張天真無邪的臉，調皮地說：「那就再去看看吧！那邊又大又熱鬧！」這是女子對男子示愛的情話。正所謂一方水土養一方人。鄭國女子性情開朗、天真爛漫，遇到喜歡的男子絲毫不扭捏，而是熱情地向對方示好，顯示了率真與勇氣。即使在今天，這點恐怕還是有很多女孩子做不到。

產生愛慕的兩個人，總有一方大膽、主動，才不至於錯失美好的姻緣。幸好這女子有纏人的可愛，才使男子沒有錯過如此俏皮的美女。他們一路笑鬧，回到水邊。

也許這士與女是認識的，女子可能心裡早就喜歡這帥哥，但一直沒有機會表白，今天正好可以找個藉口接近；也許他們並不認識，今天只是一見鍾情而已。但這些都不重要，最重要的是現在他們相愛了。「維士與女，伊其相謔，贈之以勺藥。」就在這小河之濱，他們互贈香草，以芍藥作為定情之物。

芍藥，為花中宰相，花朵大而豔麗，妖嬈，媲美國色。每一種禮物都蘊含著不同的文化。古人認為，香草有驅邪之功，於身體大有裨益。故芍藥不僅含有定情之約，也含有願戀人身體健康的祝福。總之，芍藥有一種令人驚訝的美，很張揚、很奪目，用來象徵鄭人的愛情再合適不過了。

美妙的溱洧風景，淳樸的男歡女愛。清澈的溱洧之畔，美麗的溱洧交匯。英俊的男子和如花似玉的女子相謔逗笑。清清溱水表我心，蕩蕩洧水獻吾意，兩情相悅無疑猜。你送我一枚漂亮的芍藥花，我給你掬上一捧甜河水；你送我一眼秋波，我還你百般嫵媚。

這是多麼美妙、浪漫的場景啊！撩人的氣息令人神往。然而這謳歌春天、讚美純真的愛情、展示純樸風俗的絕妙詩章，卻被後人關進了「奔者自敘之詞」的道德監獄。但是我們不用去理會，因為那些從溱洧之濱踏春歸來的青年男女，他們身上佩戴的蘭草，手裡拿著的芍藥，灑下的一路歌聲，散落的一路芬芳，播下的一春詩情，早已衝破了封建衛道之士囚禁的窗櫺，將愛灑向了人間。

隨後，在中國漫長的歷史長河中，唐代詩人杜甫在其〈麗人行〉裡吟唱道：「三月三日天氣新，長安水邊多麗人。」三月天氣，萬象皆新，草木瘋長，陽光明媚，麗人徜徉河邊，臨水照花，愛慕者在努力追隨、接近……這樣的日子、這樣的環境，正適合愛情滋長。

＊願時光清淺，許你安然

「君家何處住？妾住在橫塘。停船暫借問，或恐是同鄉。」詩人崔顥更是溫情脈脈地講述起小河旁的戀情：在碧波蕩漾的湖面上，年輕女子撞見了自己的意中人，爽朗地對歌：「你的家住在哪裡啊？」還未等人家回答，便著急地自報家門：「我家住在橫塘，你把船靠在岸邊，我們來聊聊，說不定我們是同鄉呢。」年輕女子的瀟灑、活潑和無拘無束生動地映現在碧波蕩漾的湖面上。男子用憨厚的口音回答著問話的女子：「家臨九江水，來去九江側。同是長干人，生小不相識。」在〈長干曲〉中，詩人並未告訴讀者故事的結局。但是，能有如此浪漫的開篇，想來也和〈溱洧〉一樣，「贈之以勺藥」，注定是美麗的結局。

那個春天，在河的對岸，一襲翠色裙衫的女子，在春色明媚中，她的如山黛眉依稀可見。宋人李之儀在長江上遙望著。那女子伴著長江的流水許下愛的承諾：「我住長江頭，君住長江尾。日日思君不見君，共飲長江水。此水幾時休？此恨何時已？只願君心似我心，定不負相思意。」（〈卜算子〉）

而在錢塘河堤，西湖美景三月天，春雨如酒柳如煙，一場雨，一把傘，白娘子與許仙的愛情傳奇，跨越千年，至今依然在流傳。

世間不知因河留下了多少愛情佳話。

溱與洧，春水渙渙；溱洧水，清亮且長。在漫漫冬眠裡甦醒，男女邂逅，情愫暗生。你把最美的芍藥贈給我，我把手中的蘭花送給你，伊人在花草中芬芳，情意在春水畔綿長。這溱洧水畔的故事是先人生活的生動再現，情歌清純而自然，質樸而率真。

從古到今，溱洧流淌的都是愛情之水，它的朵朵浪花都是愛情之花。溱洧早已定格為愛情文化符號。古有伏羲女媧滾磨成親、鄭國士女戲水談情、梁祝化蝶羽升；近來，更有不少戀愛中的情侶慕名前來踏青遊春，讓溱洧之水見證雙方美好的愛情。

在〈溱洧〉的歌聲中，彼此心儀的男男女女攜手回家，還沒唱完的歌都交付給無邊無際的江上清風與皓月。相愛的人都醉了，唯願往後的歲月裡，時光清淺，一切安然。

鄭風．女曰雞鳴——偷得浮生半日閒

女曰雞鳴，士曰昧旦。
子興視夜，明星有爛。
將翱將翔，弋鳧與雁。
弋言加之，與子宜之。
宜言飲酒，與子偕老。
琴瑟在御，莫不靜好。
知子之來之，雜佩以贈之。

知子之順之，雜佩以問之。
知子之好之，雜佩以報之。

女人說，雞叫了起床吧。男人懶得動，於是說，天還沒亮呢，不信妳看這滿天星星。女人說，不行，你趕緊起來，歸巢的鳥雀快要飛了，你去打點獵。丈夫聽從妻子，從溫暖的被窩裡鑽出來，迎著晨光整裝待發時，妻子卻又不忍心，於是又說，等你打回獵物，我一定做一頓好吃的給你，並與你把酒舉案，白頭到老，你彈琴，我鼓瑟，我們和睦美滿過生活。男人一聽很是激動，慌忙解下身上的佩飾說，我知道妳體貼我、順從我、愛戀我，我把這寶貝送給妳。

這是我在《詩經．鄭風》中最喜歡的一首，妻子有點嘮叨，丈夫有點貪睡，應和之間，溫情畢現，活色生香。翻遍整本《詩經》，「靜好」這個詞最美，也最讓我們現代人羞愧。如果可以，我願意是〈女曰雞鳴〉中的那個男子，無怨無悔。

現代的生活水準提高了，文明進步了。只是我們的心情沒那麼好了，沒那麼舒心了，那些靜好與恬淡，似乎正是現代人所缺少的一份自然。現代人雖講究瀟灑，但沒有古人那般自然。風來順風，水來順水，一切都是隨緣而安。

和古代相比，現代社會有許多優越的地方，比如便捷的交通工具，即時的通訊設備，全自動化的生活。學者南帆說，現代生活似乎只剩下了一個字：「快！」，當「時間就是效率，時間就是金錢」這樣的口號越來越響亮的時候，沒有人會反省「快」到底有什麼不好。乘坐幾個小時的飛機，就可以逛遍中國大江南北，十分鐘的纜車就可以登上泰山的南天門，電腦敲下幾個字就可以省去研習書法的冗長歲月，連愛情也講求速食，只要能獲得片刻的歡愉，便可以不惜一切閃婚閃離。

在人類的錯覺中，這樣的生活似乎更加五光十色，比起古人，現代人似乎多活了幾輩子。

但這也許是一種錯覺。

古人騎一頭毛驢旅遊，走走停停，看天，看雲，看山，看生活，也看自己。他們行走在廣闊的時空裡，觀察鶯飛草長，欣賞土肥水美，他們把自己的心靈靜靜地鋪在生活的土地上，細膩的感受猶如種子落地，花開無聲，卻深深地扎根在他們心裡。

哪裡有高山、盆地，哪裡有湖泊、山林，他們都知道。而現代人的旅遊，只是目的地的極速轉移；匆匆一瞥，腦海中留下的不是一幅飽滿的山水畫，而是一張繪滿了旅遊景點的地圖。這是古代生活和現代生活的根本區別。

說起來，連寫作都可以區別開。以《詩經》為例，我們算一下《詩經》全書也不過幾萬字，恐怕抵不上現在一個普通作家一年的「產量」。可就是在這文字有限的《詩經》中，有著每一場春雨過後的清晨，每一次驛站古道的啟程，每一段重逢的喜悅與離別的酸楚。他們慢慢地豐富生活，也細細地咀嚼人生，不但記錄了無限的先秦風光，還為後代提供了無窮的創作滋養。而現代式寫作，大多像是把文字泡在水裡，讓它膨脹、發酵，將貧瘠、短小、無聊的故事拉長、熨平。於是，當人們讀現代的故事時，總會感到心靈的枯竭，因為蒸發了水分的文字再也掂不起任何份量。

寒來暑往，春夏秋冬，多麼希望我們現代人也可以偷得浮生半日閒，去看看田野阡陌上隨處而發的野草野花，純淨美麗，自然脫俗，去更加接近自然的生活。相信無論觀山、看海，還是愛人之間一次平常的對話，都能在我們心裡投下細膩的感受，豈不美哉？

這就是我最愛〈女曰雞鳴〉的原因。

＊美人湘水上，獨立對斜暉

鄭風．褰裳——我是與你站在一起的木棉樹

熱戀中的人總是有點神經過敏。不知道什麼原因，男孩只不過沒有跟女孩說話，她馬上就吃不下飯；不理她，她馬上就睡不著覺，真正是寢食不安啊。《詩經．鄭風．狡童》中喜歡上壞少年的女子就是這種形象，不過〈鄭風〉中緊跟著的〈褰裳〉中的女子，在同樣的情況下，卻一改風範。

子惠思我，褰裳涉溱。子不我思，豈無他人？狂童之狂也且！

子惠思我，褰裳涉洧。子不我思，豈無他士？狂童之狂也且！

在這裡，女子不說自己想別人，卻說別人心裡有她。如果說這只是女子特有的矜持，更辛辣的話還在後面：「你若不愛我，我就追別人」，一副挑戰者的架勢。

有人說你別看女子口口聲聲說還可以去愛別人，其實那不過是一種戲謔性的挑逗語言。不管如何，女子的獨立姿態在《詩經》中獨樹一幟，讓河對岸的男子別無選擇，不是選擇愛，就是選擇放棄，沒有迴旋的餘地。

一首短短的小詩，鮮明地刻劃出一個辛辣女子的形象，詩篇不用肖像描寫，不用行動描寫，也不進行心理刻劃，僅僅選取幾句頗有性格的語言，令人讚嘆。

在愛裡，因為喜歡，有時人是卑微的，失去了自我，如張愛玲說：「喜歡一個人，會卑微到塵埃裡，然後開出花來。」在愛裡，有時是很自我的，所以衍生出單相思來，苦苦追求得不到的水中花、鏡中月，徒增煩惱。而〈褰裳〉中女子的自尊之愛則引領出剛烈一派。

有所思，乃在大海南。何用問遺君？雙珠玳瑁簪，用玉紹繚之。聞君有他心，拉雜摧燒之。摧燒之，當風揚其灰。從今以後，勿復相思。相思與君絕！雞鳴狗吠，兄嫂當知之。妃呼豨！秋風肅肅晨風颸，東方須臾高知之。

這是漢代《鐃歌十八曲》中著名的〈有所思〉篇，指她所思念的那個人。豨（ㄒㄧ），颸（ㄙ）。開篇是女子對遠方的情郎心懷真摯熱烈的相思愛戀，為了他，經過一番精心考究，送他「雙珠玳瑁簪」，然而女子意猶未盡，再用美玉把簪子裝飾起來。單從禮品非同尋常、不厭其煩的層層裝飾上，就可推測出女子內心積澱的愛慕、相思的濃度和份量了。而當她「聞君有他心」後，真如晴天霹靂！驟然間，愛的柔情化作了恨的力量，將那凝聚著一腔痴情的精美信物，憤然地始而折斷，再而砸碎，三而燒燬，摧毀燒掉仍不能洩其憤、消其怒，復又迎風揚掉其灰燼。「拉、摧、燒、揚」，一連串動作如快刀斬亂麻。「從今以後，勿復相思！」，一刀兩斷，又何等決絕！那樣剛烈，那樣直率，讓人心生敬佩。就像卓文君的「聞君有二意，故來相決絕」，女人往往把愛情放在首位；其次才輪到財富、親情、生命。當初卓文君跟隨司馬相如之時，也是拋下顯赫的家世，私奔而去。

皚如山上雪，皎若雲間月。聞君有兩意，故來相決絕。
今日斗酒會，明旦溝水頭。躞蹀御溝上，溝水東西流。
淒淒復淒淒，嫁娶不須啼。願得一心人，白頭不相離。
竹竿何梟梟，魚尾何簁簁！男兒重意氣，何用錢刀為！

這首〈白頭吟〉是司馬相如發達後想納妾時卓文君寫的決裂書：愛情應該像山上的雪一般純潔，像雲間月亮一樣光明。聽說你懷有二心，所以來與你決裂。今日猶如最後的聚會，明日我們將是陌生人。

這首詩就像一把匕首，亮在司馬相如的面前，如此冷靜和周密，指著他的負心移情，用比擬手法說明彼此之間行將斷絕的恩情。寫到這裡，突然想起了舒婷的詩〈致橡樹〉，裡面有一句：「我必須是你近旁的一株木棉／作為樹的形象和你站在一起／根，相握在地下／葉，相觸在雲裡。」獨立和自尊恐怕是古今有思想的女子共同的追求吧。

還有在《杜十娘怒沉百寶箱》的描述中，杜十娘是一個出身卑賤的娼妓，邂逅李甲之後將自己的情感都奉獻出來。李甲卻在玩膩了杜十娘之後，將她轉手賣給別人。但是，李甲低估了杜十娘，杜十娘在將終身託付李甲之時，另外保留了自己的財富，以致她在被拋棄之後還能夠站在金錢的高度上鄙視李甲，乃至反過來將其拋棄。

在中國的愛情故事裡，男女主角之中，女主角總是偏向於被動，一旦傾心就將終身託付給對方，鬧出了許多男方負心變節而女方無法收拾的結局。在感情之中，女子已經完全地把自己託付出來了，而在封建的社會環境和禮教的束縛下，她也不得不將自己的全部奉獻出來，稍有保留就被視為出軌。在這場男女的戀愛之中，女子不過是男子的附屬物，正因為這樣，〈褰裳〉中刻劃的烈女形象才彌足珍貴。

齊風．東方之日——祕密，花朵的嫣紅變作了火苗的炙熱

東方之日兮，彼姝者子，在我室兮。在我室兮，履我即兮。
東方之月兮，彼姝者子，在我闥兮。在我闥兮，履我發兮。

詩分兩節，形式整齊押韻。可以看出〈東方之日〉是一首典型的豔情詩。一節說女子美如朝霞，在內室和情郎把臂疊股；二節言女子如初升之月，兩人如膠似漆，不離不棄，自由自在地表達愛意。比雪山還要純潔的是春天，比春天還要曼妙多姿的是兩情相悅。我的心中洋溢著蝴蝶的思想，在它們飛過的田野上，散發出一陣野菊花的香氣。我的女孩在我的房中，她伸出腳踩我的膝，我們是這樣互相依偎。從日出到日落，我們的愛從未停息。

〈齊風・東方之日〉中以男子的角度述說性事，《詩經》中的〈王風〉還有以女子角度來描寫的詩歌——〈君子陽陽〉。有別於〈東方之日〉的曖昧含蓄，〈君子陽陽〉完全是體會了性高潮的女子放縱地對性的謳歌。

君子陽陽，左執簧，右招我由房。其樂只且！
君子陶陶，左執翿，右招我由敖。其樂只且！

歷代字面的解析都說是描寫舞師與樂工共同歌舞的場面。執簧、執翿（ㄉㄠˋ）都是拿著古樂器，其實抒寫的是夫妻和諧的生活，盡情歡愛真快樂，它透露著一種鏗鏘的節奏，以及縱橫纏綿的力度。「其樂只且」幾乎是難以抑制地縱情高喊了。

大儒孟子說：「食色性也。」我們的先民對性事似乎並不迴避，所以號稱「思無邪」的《詩經》在孔子刪減之時也沒有將有色情意味的詩歌刪除，顯示出完完全全的先秦本色，還應和著英國浪漫主義詩人華茲渥斯所說的話：「詩起於在沉靜中回味來的情緒。」（轉引自朱光潛《詩論》）〈東方之日〉的作者在甜蜜的回味中，竟脫口將與情人幽會的隱私一一道出，不僅說出了情人在他的臥室內，還情不自禁地描述了他們親暱的情景——「履我即兮」、「履我發兮」，從中可以體會到他的敘述帶著頗為得意的幸福感，讀者能觸摸到他那顆被愛情撩撥得激烈跳蕩的心。正因如此，十句詩中竟有六句有「我」字，自我矜喜之情溢於言表。

＊未見君子，憂心忡忡

《詩經》中的情歌確實保持著質樸的本色。之前解讀過〈草蟲〉一詩，說是女子思念遠方情人，聯繫〈東方之日〉細讀，其實道出了女子性事的祕密。

喓喓草蟲，趯趯阜螽；未見君子，憂心忡忡。
亦既見止，亦既覯止，我心則降。
陟彼南山，言采其蕨；未見君子，憂心惙惙。
亦既見止，亦既覯止，我心則說。
陟彼南山，言采其薇；未見君子，我心傷悲。
亦既見止，亦既覯止，我心則夷。

這不是女子性事的真實寫照嗎？在性事之前，忐忑不安，「憂心忡忡」；性事之後，欣悅歡喜，「我心則降」。起初，心跳如蚱蜢跳躍，似心驚而乍動。人的不安莫過於偷情的不安，尤其之於未諳春情的少女，在見到情郎之前，她有一種對命運無可安排的困惑，所謂「未見君子，憂心忡忡」，「未見君子，我心傷悲」。也有一份熱烈的渴望，對於女子而言，她不知未來的他是美是醜；未來的生活是貧是富。在隱祕心理的壓力之下，難怪她憂心忡忡。下面一句好不大膽，竟毫不避諱寫性。「亦既見止，亦既覯止，我心則降。」性事和諧了才使少女的心真正被降伏，男子的權威也正是在性的對抗中樹立起來的。一個「降」字真實地再現了這種最為隱祕的心理特徵。

《西廂記》中就說道：「但蘸著些麻兒上來，魚水得和諧，嫩蕊嬌香蝶恣采。半推半就，又驚又愛……」青年女子的性心理被如實而委婉地記錄在詩詞中，性愛其實也能給心靈帶來最大的安定。無怪乎女作家張愛玲在《色戒》裡寫道：「到女人心裡的路透過陰道。」

不管這句話是多麼的令人震撼，它至少說明了一個事實。所以《色戒》中在刺殺即將成功的時刻，王佳芝還是讓給自己帶來魚水之歡的漢奸易先生逃走。無論怎麼看待愛情，都不能否認性的快慰。女人矜持如花，一旦觸發她，花朵的嫣紅變作火苗般炙熱，女人因而願意為男人做很多事情。

秦風．渭陽——情誼堪比萬金貴

晚上看越南導演陳英雄的處女作《青木瓜之味》，裡面有對木瓜的唯美鏡頭描寫，溼熱的暖風環境中，窗外枝頭的青木瓜在蟬鳴中早熟，剖開的青木瓜裡面是滿滿一瓢金黃色瓜子，而木瓜絲擺放在瓷盤中，閃耀著珍珠般的色澤。由此也就想到了這句「投我以木瓜，報之以瓊琚」。

這是《詩經》中的名句：「投我以木瓜，報之以瓊琚。匪報也，永以為好也！」女子心儀一位帥哥，於是將自己手上的一隻木瓜投給了他。女孩笑嫣不語，而男孩早已心領神會，忙把自己隨身攜帶的玉珮贈送給女孩。因為他知道，此刻女孩的木瓜不是平常的瓜，這「投」也不是普通的投，而是將一顆滾燙的少女心擲到了自己懷裡。

儘管自己的玉珮比起女孩的木瓜貴重不知多少倍，但還是覺得它不能清楚地表示自己的情誼，他想永遠與女孩相處下去。木瓜此刻堪比萬金。男女的感情，以一隻木瓜連接到了一起，並和樂融融地持續下去了。

其實在古代中國，甚至到現在，戀人之間的情誼就是以小物品為紐帶的，在他們看來，一滴水、一朵花、一把扇子等都能表達出深深愛意，不考究木瓜與瓊琚的差距，他們不在乎送什麼，只在乎在一起的深意。

我送舅氏，曰至渭陽。
何以贈之？路車乘黃。
我送舅氏，悠悠我思。
何以贈之？瓊瑰玉珮。

這是《詩經．秦風》中的一首贈別詩〈渭陽〉。我送舅舅回國，轉眼間到了渭水北，有禮物相贈，一輛大車、四匹黃馬，我送舅舅歸國去，我的思念悠悠，用什麼為他送行，寶石玉珮表我情。

和〈木瓜〉中的男女一樣，其實舅舅本不在意這些贈送的東西。追根溯源，其實這是秦康公表達甥舅情誼的詩作，他的舅舅就是晉文公重耳，重耳流落在外十九年，當時都已經六十二歲了，過衛，衛文公無禮；過曹，曹共公無禮；去宋，留之不久；過鄭，鄭文公弗禮；去秦，秦康公當時為太子，善待舅舅後相送，一路就送到了渭陽。

重耳流亡只有外甥款待，感激至極，當時秦康公母親已死，思念母親不得，見到舅舅，就如母親還在一樣。甥舅兩人在路上喝完一杯又一杯的酒，他們在意的是相送的過程，長亭更短亭，一路從國都送到渭陽邊境，在意的是相送的情誼，悠悠我思，表達不完的話語與留戀。

雖相送的方式不同，但體現出的真情沒有太大的差別。茫茫人世，我們有緣度過那麼多時光，我所有的深情都在這禮物中，以後每當你看著它們，就當是看著我吧。後世東漢文學家張衡〈四愁詩〉中也吟唱出同樣的心聲：「我所思兮在雁門，欲往從之雪雰雰。側身北望涕沾巾。美人贈我錦繡段，何以報之青玉案。」

我的心上人在雁門啊，我想去找她，被大雪所阻。側身向北望去，用手巾擦眼淚。美人送我成幅的錦緞，我想回報她青玉的小盤。〈四愁詩〉隨後還有兩句：「路遠莫致倚增嘆，何為懷憂心煩惋。」道出了愁的緣故。路遠不能送達，只能一再嘆息。內心對你充滿了嚮往，我如何才能克服種種困難抵達你的身邊？是否送到已經不再重要，重要的是一直惦念的情誼。

從詩詞中我們看到，古代人之間交往，把問題簡單化處理，不像現代人這樣拐彎抹角。也許現代人也有自己的理由，看過太多沒有回報的付出，所以才追求利益的最大化，想著以極少付出換回極多。對待感情也是這樣，都在算著自己付出多少，準備收回多少。如此一來，便喪失了很多生活樂趣。

第四章 靜好歲月多思念

塵世間最遙遠的距離，並非是相愛不能愛，而是愛而不見。任憑那美好記憶被時間蹂躪，那些細節依然在內心深處瘋長。這就是思念的力量，像苔蘚一樣在人體內猝然湧現，無法根除。

鄭風．出其東門——人世間有百媚千紅，我獨愛，愛你那一種

出其東門，有女如雲。雖則如雲，匪我思存。縞衣綦巾，聊樂我員。

出其闉闍，有女如荼。雖則如荼，匪我思且。縞衣茹藘，聊可與娛。

縞（ㄍㄠˇ）；綦（ㄑㄧˊ）；闉（ㄧㄣ）；闍（ㄉㄨ）；藘（ㄌㄩˊ）。出了城東門，美女多如雲。雖然多如雲，非我思慕人。白衣綠巾女，才是我心喜。出了城門外，美女多若白茅。雖如白茅美，非我所思戀。素衣紅佩女，方能解我懷。

有女如雲，匪我思存。有女如荼，匪我思且。你看，男子一個人孤零零地外出，看到這麼多美女，非但沒好好養下眼，還一心想著自己的戀人，唯有那

個素衣綠巾紅圍裙的女子才是心中所愛，該是位多麼痴情專一的男子啊。

春意濃濃，天朗氣清，和風似剪，正是單身男女外出踏青、相親聚會的好時節，詩中的這名男子卻正好有事外出。當他看到城門外一群群郊遊的女子，她們個個興致勃勃，打扮得如花美麗，定是前來尋找中意男子相親約會的吧，但他卻見不到心愛的那個她。這麼多花枝招展的女人，哪裡比得上他所鍾愛的那一位啊，要是此刻能拉著她的小手一起春遊踏青，那該有多好。或許他是在外地出差，亦或許他經常外出做買賣，心裡想著要抓緊時間好好奮鬥，攢足了錢財好娶她進門啊。怎奈觸景生情，情根深種，只有她才能解他心意。

愛一個人是什麼？當你還沒有離開，便已開始思念。你願意為她哭，為她笑，為她吃苦，為她奮鬥，給她一切你所能給的，做你一切你所能做的。愛是忠貞如一的守候，是至死不渝的選擇，是地老天荒的念頭。只要真心地愛一次，人生便不再蒼白。

愛的誓言有很多種，最為特別的還是《紅樓夢》裡賈寶玉對林黛玉的表白。在《紅樓夢》眾多詩詞中，有一「參禪語」即是。當時黛玉內心吃味於寶釵，想試探一下寶玉對自己是否真心，她說了一大堆酸溜溜的繞口令，搞得寶玉呆了半晌方才醒悟，遂表明心跡道：「任憑弱水三千，我只取一瓢飲。」就算我身邊美女再多，我也只愛妳一個。黛玉內心竊喜，追問道：「瓢之漂水，奈何？」要是有家庭阻力，你打算怎麼辦呢？寶玉急道：「非瓢漂水，水自流，瓢自流耳。」他們是他們，我是我，除非我自己願意，否則無人能阻攔我。黛玉還是不放過他：「水止珠沉，奈何？」我若不在了，你能怎麼辦？寶玉目光一凜：「禪心已作沾泥絮，莫向春風舞鷓鴣。」那我就打定出家之心，從此不會再愛上誰。黛玉仍不放棄：「佛門第一誡是不打誑語的。」你說的話可都當真嗎？寶玉毫不猶豫地說：「有如三寶。」當真！有佛祖作證！

黛玉本家道中落寄人籬下，又身處那樣一個盤根錯節的大家族中，她雖心愛寶玉，但也明白他們未來的困難重重。加之另有寶釵如此強大的情敵介入，黛玉的內心定會沒著落地煎熬著，因此她拐彎抹角只想要寶玉一句話。透過「參禪語」的對白，黛玉明白了寶玉的真心，也知道自己不是在孤軍奮戰，便不再為寶釵的事吃醋。可惜，如此一生一代一雙人，到底還是落了個意難平。黛玉鬱鬱而終，寶玉雖與寶釵結成婚姻，但其心早已隨黛玉而去，最終他還是出了家。

有一本書叫《愛你就像愛生命》，裡面收集了王小波和李銀河二十年間的情書往來，它見證了王小波和李銀河的愛情始末。特別是王小波的情書，尤為真切感人。他在信的開頭常常說：「妳好哇，李銀河。」書中寫道：以前我不知道愛情這麼美好，愛到深處這麼美好。真不想讓任何人來管我們。誰也管不著，和誰都無關。告訴妳，一想到妳，我這張醜臉上就泛起微笑。妳願意要什麼，就給什麼。妳知道嗎？要，對我來說，就是給啊。妳要什麼就是給我什麼。我是愛妳的，看見就愛上了。我愛妳愛到不自私的地步。我會不愛妳嗎？不會。愛妳就像愛生命。這是多麼純粹而美好的愛之傾吐啊！世上再沒有第二個王小波。我是愛妳的，「愛妳就像愛生命」！

王小波與李銀河的愛情故事是銘心刻骨的，卻開始的極有戲劇性。兩人第一次單獨會面，王小波就直奔主題地問道：「妳有朋友沒有？……你看我怎麼樣？」這個率性而又唐突的開場白，震驚卻吸引了李銀河，之後，他們便持續了二十年的書信往來。公元一九七七年的王小波還不是著名作家、學者，他只是一名普通的工廠工人，姐妹眾多且家庭貧困。當時李銀河已大學畢業，在一家報社工作，她的家庭條件比王小波要好的多，這也是為什麼後來她母親極力阻撓她與王小波交往。然而，在王小波一封封滾燙燙情書的攻勢，以及一次次「愛妳就像愛生命」的堅持之下，終於讓李銀河被他這張「一想起她就泛起微笑」的「醜臉」給征服了。

公元一九九七年四月的一天，王小波因心臟病突發離世。那時，李銀河已經遠去英國劍橋訪學半年，她始終不願意相信，此一別，便是陰陽永相隔。王小波作為「著名作家」，如同「著名畫家」梵谷一樣，生前鮮為人知，死後卻聲名遠播。他的作品開始大量出版發行，一時間出現了「王小波熱」，他也被讚譽為「中國的喬伊斯和卡夫卡」。二〇〇四年，在王小波去世七週年的忌日之前，李銀河將他們多年珍藏的情書公開發表，取名為《愛你就像愛生命》。

*雖則如雲，匪我思存

忘不了看電影《鐵達尼號》時的感動，每看至動情處總會哭得稀里嘩啦。此刻我似乎又聽到了傑克和蘿絲在輕聲低語，看到了漫天紅霞，感受到了微涼的帶著海腥味的晚風。蘿絲命中注定是要遇到傑克的，否則她只有為抵抗不滿的婚姻，帶著絕望而孤獨葬身大海的命運。傑克這樣一個遠離上流社會的青年，帶給她的是一生的愛、希望和活力。故事已經上演了。船頭，海風吹拂，晚霞碎落，蘿絲緩緩走向傑克，深情地說：「嗨，傑克，我改變主意了！」傑克驚喜地望著蘿絲，微笑著伸出手說：「把手給我。」

這是電影《鐵達尼號》的一個經典場景，電影中我最喜歡的台詞也是這兩句，它是蘿絲和傑克兩人情感的一個轉折。當傑克在冰冷的海水裡停止呼吸的前一刻，想到的竟還是愛人的安危，他的愛是無私而美好的，他一直在鼓勵蘿絲要好好活下去。從此，傑克不僅拯救了蘿絲的生命，也徹底拯救了她的心靈。他們救贖彼此的方式是無私而美好的愛。有時，我們需要的就是這種付出和接受的勇氣，不需太多的甜言蜜語。只要心是向著彼此靠近的，「愛」和相愛的人便得到了拯救。只要心是確定的，「把手給我」——只一句話便足矣。

「人世間有百媚千紅，我獨愛，愛你那一種。」愛情自古竟無人能勘破，無數男女甘願飛蛾撲火。只因愛你就像愛生命，除非連自己都不愛了。聽，誰又在低吟淺歌：

上邪！我欲與君相知，長命無絕衰。
山無陵，江水為竭，冬雷震震，夏雨雪，天地合，乃敢與君絕！

周南．卷耳——千山萬水，依然知道你在這裡

無論過去、現在或將來，愛情都會是人生的重要主題之一。而在這一主題中，最讓人感到費盡思量卻又無可奈何的便是「相思」了。從古至今，不知有多少文人墨客對「相思」作了淋漓盡致的描寫。

「紅豆生南國，春來發幾枝。願君多採擷，此物最相思。」這是詩人王維的感嘆。珠圓玉潤的紅豆，寄託著愛在人間的牽掛與思念。希望心愛的你多多採擷，隨身攜帶，彷彿我就在你身旁。詩人明知自此山高水長，歸來無期；明知相思於事無補，等待徒勞，卻依然殷殷不捨，頻頻告白，寫下流傳千古的〈相思〉一詩，其中的相思之情可見一斑。

有情人在別離的剎那，「情」便開始發揮作用，它驅使著墜入愛河的男女互相思念對方。而一枚小小的紅豆將思念的人連在一起，雖遠在關山之外，但雙方依然全情投入。古人的相思著實令人感佩。而這苦苦的思念也見證了愛情的忠貞。

相思之情，只有深陷愛河的人方能深刻體會其中的滋味。心有靈犀一點通，當你思念我的時候，我也在思念著你。千山萬水，我依然知道你就在這裡。〈周南．卷耳〉中的男女主角就是懷著這樣的心境吧。

采采卷耳，不盈頃筐。
嗟我懷人，寘彼周行。
陟彼崔嵬，我馬虺隤。
我姑酌彼金罍，維以不永懷。
陟彼高岡，我馬玄黃。
我姑酌彼兕觥，維以不永傷。
陟彼砠矣，我馬瘏矣，
我僕痡矣，云何吁矣！

虺隤（ㄏㄨㄟ ㄊㄨㄟˊ），馬疲勞生病；金罍（ㄌㄟˊ），貴族所用的青銅酒器；兕（ㄙˋ）觥，兕牛角製成的酒器；瘏（ㄊㄨˊ），患病；痡（ㄆㄨ），疲睏不堪。三千年前的某個春日，一個神情憂傷的女子正在採摘卷耳菜，每彎腰摘過一葉，就會起身呆立良久。儘管山野之間卷耳茂盛，可她採呀採呀，半天過去了，還沒採完一筐，只因太思念丈夫了，哪還有心思採呀？再也按捺不住內心的思念，索性將菜筐丟在大路旁，對著遠方呼喚起丈夫的名字。而丈夫也正想念著妻子，因相思成災而喝得爛醉。此刻，他正奔赴在遠方的路上，可惜道路險阻，馬匹勞頓，僕人也累倒了……這更增加了相思的苦和憂傷。

即使是現代的女子，敢直接說出自己相思情懷的大概也不多，何況這是在古代？可是這相思太濃烈了，不說又怕憋得人發瘋。怎麼辦好呢？那就說說丈夫想我時的情景吧。這樣既表明了心跡，又不失面子。多聰慧的女子啊，怎叫遠在他鄉的丈夫不懷念呢？

士為知己者死，女為悅己者容。「髻子傷春慵更梳，髻子傷春慵更梳，晚風庭院落梅初，淡雲來往月疏疏。」在李清照的這首〈浣溪沙〉中，女子被某種感情折磨得情緒全無，只是隨意地挽起髮髻，懶得精心梳理。而在〈卷耳〉中，丈夫被一紙徵役書調到離家很遠的地方戍守，妻子哪還有心思打扮呢？她神情恍惚、心不在焉，什麼事也做不成，最終連一筐卷耳也採不滿。

卷耳，本是山間田頭隨處可見的一種普通植物，只因女子的含情脈脈才被表述成有情之物——卷耳漫山遍野，相思也不斷蔓延無邊。眼下還有什麼重要的呢？心裡滿滿的只有思念了。

古時的女子不便見外人，婚後所見的男人大概也就只有丈夫了。每天能做的事極少，丈夫又不在身邊，連一個可以傾心說話的人都沒有。這種寂寞加深了相思之苦。這在文學作品中屢見不鮮，丈夫不在身邊，獨處深閨的女子感受著那份寂寞，也只好借寫詞來排遣心中的幽怨：「溪山掩映斜陽裡，樓台影動鴛鴦起。隔岸兩三家，出牆紅杏花。綠楊堤下路，早晚溪邊去。三見柳綿飛，離人猶未歸。」

這首〈菩薩蠻〉全詞並未見懷人的字眼，女子只是平淡地講述著自己的心情，但其中對丈夫的思念之情卻讓我們感懷萬千。

相思之情，只有親自體會過才能明白其中滋味。相思有時候是甜的，因為有一個值得你去思念的人，這何嘗不是一種幸福呢？相思有時候又是苦的，正如李清照所說「一種相思，兩處閒愁。此情無計可消除，才下眉頭，卻上心頭」，思念就像躲在土壤深處的蚯蚓，一刀兩斷，最終換來雙倍的痛苦煎熬。

人間的萬事可以消磨殆盡，而情愛卻永遠歷久彌新。不管天涯海角，滄海桑田，對你的愛、對你的思念不會有絲毫減少。我要你知道，我永遠在這裡等你、想你。想必，陸游和唐婉之間的愛就是這樣吧。

分別十年，陸游於沈園春遊，與自己久久不能忘懷的前妻唐婉不期而遇。可唐婉已屬他人，可望而不可即。此情此景，陸游「悵然久之，為賦〈釵頭鳳〉一詞，題園壁間」。在陸游走後，唐婉孤零零地站在那裡，將這首〈釵頭鳳〉詞從頭至尾反覆看了幾遍，她再也控制不住自己的感情，失聲痛哭起來。而後，她愁怨難解，於是也和了一首〈釵頭鳳〉詞。唐婉不久便鬱悶愁怨而死。陸游在此後幾十年的風雨生涯中，依然無法排遣心中的眷戀，四十年後，他又重遊沈園，看到唐婉的題詞，觸景生情，感慨萬千，又寫詩感懷。

愛，是如此深沉，竟能生死以之，以致在「美人作土」、「紅粉成灰」之後的幾十年，還讓詩人念念不忘，令人為之感嘆。

「明月高樓休獨倚，酒入愁腸，化作相思淚」、「不耐相思酒消愁」，相愛的人無法廝守，總是憂愁倍生。其實轉念一想，心有所屬，人生淡然，儘管相隔千里，相思仍能翻越千山萬水到達對方身邊，執手相看，幸福不曾離開。

請相信，愛，一直不曾遠離。無論千山萬水，當你在思念我時，請相信，我也在思念著你。

思念如潮水般把〈卷耳〉中的女子淹沒的同時，那個她日思夜想的人也在想著她。他艱難地走在征途古道上，那場景可以說得上「悲愴」二字。在山間，身心疲乏，僕夫病倒，馬匹也將要倒下，男子喝盡杯中酒，以消解難耐的思念。長路漫漫，該怎麼辦呢？

這次第，怎一個愁字了得！

採著卷耳的女子，走在途中的男子，他們雖然相隔千里，但心有靈犀一點通，身無彩鳳雙飛翼。在我思念你之際，你的心頭也有所觸動。愛讓彼此的心變得很近、很近。

「世界上最遙遠的距離不是生與死，而是我站在你面前，你卻不知道我愛你。」愛情近在咫尺又遠在天涯，只因為隔著一層薄膜。倘若兩人真心相愛，縱然相隔萬里，只要伸手，依然可以觸摸到對方的臉，感覺到對方的存在，在許多痴情男女的執著面前，生與死的界線已消失無蹤。

就拿白居易〈長恨歌〉的主角唐玄宗和楊貴妃來說吧。楊貴妃死後，唐玄宗寂寞悲傷，追懷憶舊，相思之情纏綿悱惻。「芙蓉如面柳如眉，對此如何不淚垂？」「夕殿螢飛思悄然，孤燈挑盡未成眠。遲遲鐘鼓初長夜，耿耿星河欲曙天。鴛鴦瓦冷霜華重，翡翠衾寒誰與共？」一年四季，唐玄宗睹物思人，觸景生情，苦苦相思、苦苦追尋。而楊貴妃也在掛念著唐玄宗，「唯將舊物表深情，鈿合金釵寄將去。釵留一股合一扇，釵擘黃金合分鈿。但教心似金鈿堅，天上人間會相見」。只要我們的心像金和鈿一樣堅牢，雖然遠隔天上與人間，總還能相見！

＊情隨疏影共斜陽

雖然這首長詩蘊含一定的政治意味，人物都是藝術化的，但詩中的故事，卻是現實中人複雜真實的再現，其頌揚了李、楊的愛情，並肯定了他們對愛情的真摯與執著。所以能在歷代讀者的心中漾起陣陣漣漪。

對於現代人來說，資訊過於發達，情歌泛濫，相思那麼容易說出口，悠遠的相思只是說給自己的遁詞，有點可笑，一如手邊的純淨水，看上去透明、無色無味，喝下去可能微微的苦，或者淡淡的甜，都只有自己知道。當我在思念你的時候，你會同樣在思念著我嗎？怕是已經少了心有靈犀的感覺。

張愛玲在自己那首聞名於世的散文詩〈愛〉裡說，於千萬人之中遇見你所要遇見的人，於千萬年之中，時間的無涯的荒野裡，沒有早一步，也沒有晚一步，剛巧趕上了，那也沒有別的話可說，唯有輕輕地問一聲：「噢，你也在這裡嗎？」一心有感應或者心有靈犀又遇見，這不正說明真愛沒有距離嗎？

只要愛還在，縱使千山萬水，依然知道你在這裡。一直都不曾遠離。

鄭風．東門之墠——歲月靜好人自醉，寫份情書寄思念

君問歸期未有期，巴山夜雨漲秋池。
何當共剪西窗燭，卻話巴山夜雨時。

說起來，中國古代的情書的確惹人情扉。李商隱在這首〈夜雨寄北〉中就說：「你問我什麼時候才能回家，我也說不清楚。我這裡巴山的夜雨已經漲滿了秋池，我的愁緒和巴山夜雨一樣，淅淅瀝瀝，凝結著我思家想妳的愁緒。什麼時候才能夠回家和妳一起剪燭西窗呢？到那個時候再和妳共話巴山夜雨的故事。」短短的四句詩，第一句回答了妻子的追問；第二句寫出了雨夜的景緻；第三句表達了自己的期待；最後一句暗示了如今的孤單。四句話簡而有序，層層鋪墊，寫出了羈旅的孤單與苦悶，也勾劃了未來重逢時的藍圖。一波三折，含蓄深婉地襯托了與妻子隔山望水的深情。

李商隱因詩聞名，也因那些諷喻時政的詩歌而被貶官。宦海沉浮，能夠有妻子同喜同憂，快樂可以加倍，愁苦可以分擔，人生還有什麼奢求呢？正如小說《牽手》的結尾留給人們的那句話，「共同歲月之於婚姻，有時候比什麼都重要」。所以漢光武帝劉秀有意把姐姐湖陽公主嫁給賢臣宋弘時，宋弘謝絕了富貴的垂青，選擇堅守自己的婚姻和愛情，並留下「糟糠之妻不下堂」這句感人之言。

在宋弘、李商隱等人的眼中，那些甘苦與共的歲月、相濡以沫的支持，是人世滄桑中最寶貴的一份真情。

在《詩經》中也有份最久遠的情書——〈東門之墠〉：

東門之墠，茹藘在阪。其室則邇，其人甚遠。
東門之栗，有踐家室。豈不爾思？子不我即！

東門外面有個廣場，茜草長在山坡上。兩家住得近，人好像在遠方。東門外面種著板栗樹，你家無時不令我嚮往，怎能對你不想念，你不找我，我心慌。《詩經》時代經常出現以草比喻女、以樹比喻男的手法，男女互贈答唱。咫尺天涯卻還是覺得有些遠，多麼想與你頻頻相見，但願長相守。

無獨有偶，堪稱世界情書典範作家卡夫卡的情書、里爾克的《三詩人書簡》、中國現代情書史上的佳作沈從文與張兆和的《從文家書》、王小波與李銀河的《愛你就像愛生命》等，也都是對同甘共苦歲月的某種追憶和珍惜。雖然可能是個人風格的原因，讀來有不一樣的時代特色，但傳達出來的是同樣的真情，苦樂與共，與子偕老。

這愛情的信物是兩個人最美好的回憶。「空床臥聽南窗雨，誰復挑燈夜補衣！」活在世上沒有真正的萬事如意，若是萬事得到妻子的理解與支持，那實在是一種難得的精神安慰。明曉了這層涵義，便不難理解前人的情書了，也不難理解現代人為何總是缺乏婚姻幸福感了。

你給愛人寫過情書嗎？你有多久沒寫情書了？你準備寫份情書嗎？我就在寫一份。回憶一下共同的歲月，那無數個平靜如水的日子，雖然沒有咖啡的濃烈、可樂的刺激，但卻歲月靜好、淳樸美麗。

唐風．葛生——不思量，自難忘，悼亡詩之旅

葛生蒙楚，蘞蔓於野。予美亡此，誰與獨處？
葛生蒙棘，蘞蔓於域。予美亡此，誰與獨息？
角枕粲兮，錦衾爛兮。予美亡此，誰與獨旦？
夏之日，冬之夜。百歲之後，歸於其居。
冬之夜，夏之日。百歲之後，歸於其室。

蘞（ㄌㄧㄢˇ）。這是一首婦人悼念亡夫的詩，相傳為「悼亡詩之祖」。詩

詞哀婉淒切，感情噴薄而發，讀之令人動容。葛藤纏繞覆荊樹，蘞草蔓延在野土。我愛的人埋葬在此處，獨自與誰共相處！葛藤爬滿酸棗樹，蘞草蔓延在墓地。我愛的人埋葬在此地，獨自與誰共枕眠！角枕華美來陪葬，錦被光豔閃亮亮。我愛的人葬在此，獨自與誰伴天明！夏日白晝長，冬夜長漫漫。願得百年後，與你墳裡見！冬夜長漫漫，夏日白晝長。但願百年後，與你永相伴！

《毛詩序》曰：「刺晉獻公也。好攻戰，則國人多喪矣。」不能不說，在當時「攻戰」是一個現實，戰亂難免死傷無數，進而引發民怨。晉獻公在位時期，戰亂頻仍，民不聊生，據相關統計資料，其在位二十三年間共有十一起大小戰事。即是說平均每兩年就要發動一場征戰，這期間男子戰死沙場、妻離子散和家破人亡的情形在所難免，人民極其痛恨和厭倦這種生活。

但也有人認為，發動戰事也不能全怪晉獻公，因為那是一個大動亂時代由分裂走向統一的必然。不管怎麼說，上位者的爭權奪勢和富貴榮華，總是以小老百姓的犧牲為代價。然雖現實如此，作這首詩的婦人卻未必出於「刺晉獻公」，她可能僅僅是情不自禁、有感而發，只是為失去丈夫而痛不欲生。

說起「悼亡」詩，《詩經》中另有一首〈檜風．素冠〉，寫得也頗為真切感人。「庶見素冠兮，棘人欒欒兮。勞心搏搏兮。庶見素衣兮，我心傷悲兮。聊與子同歸兮。」與〈葛生〉中女子的呼喊聲一樣，也是甘願生死與共。

古代社會的哀祭、悼亡類詩文，都是由生者祭奠和悼念死者的文字，主要以哀祭文和悼亡詩詞為主。若按具體的文體來分類，一般哀祭文屬於「文」的範疇，多有固定的格式和寫作套路；而「悼亡」則屬於詩詞的範疇，形式比較自由靈活，抒發的感情也比較真摯。中國古代文學史上所講的「悼亡」詩詞，一般是用來專指男子悼念亡妻的，如果是詩則為「悼亡詩」，若是詞作則為「悼亡詞」。

因此，上述《詩經》中的〈葛生〉和〈素冠〉兩詩，嚴格說來並不算「悼亡詩」，而是較早出現的女子悼念亡夫的詩。但就是這些詩開啟了中國「悼亡詩」的序幕。魏晉之前還沒有真正的「悼亡詩」，到了西晉時，潘安為悼念去世的妻子作〈悼亡詩〉三首，從此便開了「悼亡詩」題材之先河，後世把丈夫專門悼念亡妻的詩詞稱「悼亡」詩詞。在中國古代有四大著名悼亡詩，它們分別是：潘安的〈悼亡詩〉三首、元稹的〈離思〉、蘇軾的〈江城子〉和賀鑄的〈鷓鴣天〉。

深知自己所愛的，卻要揮手說再見。痴情兒郎用文字書寫悼亡，此情深處，紅束為無色，生平再也寫不出更好的作品。

相傳潘安雖美貌舉世無雙，但對妻子楊氏卻始終用情至深，一生專一而又忠貞。他十二歲時便與楊氏有了婚約，兩人結婚之後共度了二十多年的美好時光，夫妻感情甚篤。及至楊氏早逝，潘安中年喪妻，無限悲痛，因思念妻子以致無法從悲傷的陰影中走出，一年之後才能拿起筆，為妻子作〈悼亡詩〉三首，其中以第一首最為廣泛流傳。詩曰：

荏苒冬春謝，寒暑忽流易。之子歸窮泉，重壤永幽隔。私懷誰克從？淹留亦何益？僶俛恭朝命，回心反初役。

望廬思其人，入室想所歷。幃屏無髣髴，翰墨有餘跡。

流芳未及歇，遺掛猶在壁。悵怳如或存，周遑忡驚惕。

如彼翰林鳥，雙棲一朝隻。如彼游川魚，比目中路析。

春風緣隟來，晨霤承檐滴。寢息何時忘？沈憂日盈積。

庶幾有時衰，莊缶猶可擊。

「如彼翰林鳥，雙棲一朝隻。如彼游川魚，比目中路析。」世人都說潘安「善敘哀情」，看來他的哀情和傷痛皆為事出有因啊。若是一個無情無義或寡情薄意的男人，怎麼寫得出如此情意淒切、真摯感人的詩句呢？有時候，一個人的傷痛或許成就了他。而他的生活還在繼續，只是於如今，我見到的人都很像妳。

歷史流轉，唐代詩人元稹以「曾經滄海難為水，除卻巫山不是雲」的〈離思〉悼亡詩一枝獨秀。亡妻韋叢當年是太子少保韋夏卿的小女兒，二十歲時嫁與元稹。據元稹的幾首悼亡詩回憶可知，婚後韋叢跟著元稹受了不少貧困之苦，但兩人一直情深意重、恩愛有加。「昔日戲言身後意，今朝都到眼前來。衣裳已施行看盡，針線猶存未忍開。尚想舊情憐婢僕，也曾因夢送錢財。誠知此恨人人有，貧賤夫妻百事哀。」（〈遣悲懷〉其二）韋叢是賢淑而美麗的女子，不但才情能與元稹相通，生活上也是十分體貼入微的。在韋叢嫁給元稹後的第七年，美人就飄然撒手西去了。元稹所受的打擊可想而知，難怪他在詩句裡寫道：「曾經滄海難為水，除卻巫山不是雲」，一生愛過一個這樣的女人，還會再回顧花叢裡的哪一朵小花呢？

大文豪蘇軾著名的悼亡詞〈江城子〉，是為他的元配妻子王弗所作，他在妻子去世十餘年之後，聯想到自身的苦悶處境，不禁思念故人而無限感傷。十年了，早已生死兩相隔，然而對妳的情，不思量，自難忘。縱然夢裡再相見，妳應該已認不出我了吧，看我都已經風塵僕僕、鬢髮斑白了。

十年生死兩茫茫，不思量，自難忘。千里孤墳，無處話淒涼。縱使相逢應不識，塵滿面，鬢如霜。

夜來幽夢忽還鄉，小軒窗，正梳妝。相顧無言，唯有淚千行。料得年年斷腸處，明月夜，短松崗。

是的，沒錯，依稀又看到妳臨窗梳妝的樣子，不禁讓我肝腸寸斷、淚灑千行，別人的柔情故事在世界的各個角落裡膨脹，而我們還能回去嗎？

宋代詞人賀鑄的〈鷓鴣天〉，是為悼念妻子趙氏而作。悼詞寫得十分沉痛感人，尤其「梧桐半死清霜後，頭白鴛鴦失伴飛」一句，生動形象地表達了痛失另一半的孤獨與哀傷。「梧桐半死」語出枚乘的〈七發〉，「龍門之桐……其根半死半生」，詞人自喻喪失伴侶、孑然獨存；而鴛鴦本是「匹鳥」，雌雄偶居不離，詞人卻寫「白頭鴛鴦失伴飛」，抒寫老來喪失伴侶最是痛。

重過閶門萬事非，同來何事不同歸？梧桐半死清霜後，頭白鴛鴦失伴飛。

原上草，露初晞。舊棲新壟兩依依。空床臥聽南窗雨，誰復挑燈夜補衣？

再次經過閶門的時候，一切都改變了，我們好好地一起去，為什麼不能一起歸來？夜半失眠，獨自聽著窗外雨聲，恍惚中又看到妳深夜挑燈在給我縫補衣裳呢。

到了清代，詞人納蘭性德的悼亡詞，也很受世人喜愛和推崇，納蘭性德是一個性情中人，他的詩詞往往以情取勝。尤其是他為亡妻所作的悼亡詞〈南鄉子・為亡婦題照〉，更是真情流露，感染人心。

淚咽卻無聲。只向從前悔薄情，憑仗丹青重省識，盈盈，一片傷心畫不成。

別語忒分明，午夜鶼鶼夢早醒。卿自早醒儂自夢，更更，泣盡風檐夜雨鈴。

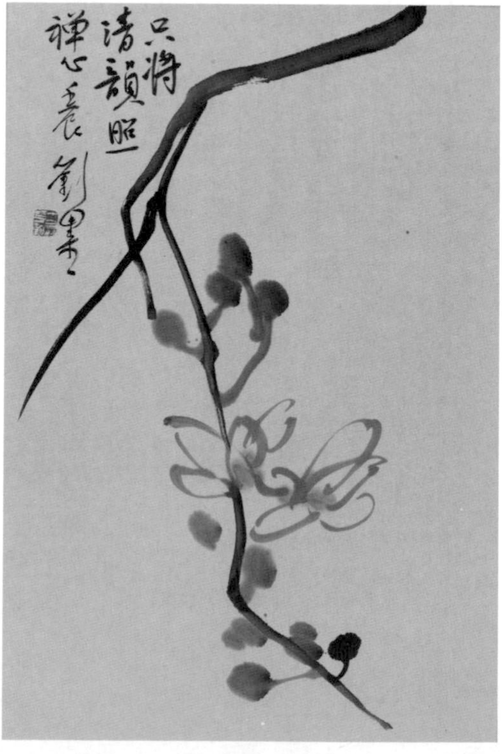

＊只將清韻照禪心

一想起妳就默默流淚，後悔以前對妳太薄情，想拿起畫筆重新給妳畫一幅畫，彷彿又看到妳站在我面前、對我盈盈淺笑，竟然傷心到無法提筆……

我理解這種意境、這種情懷。午夜驚醒，天上正覆著一層薄雲，怎麼有人能夠隔著無盡時光，用「泣盡風檐夜雨鈴」寥寥數字，就讓後人依然能夠感同身受呢？

不思量，自難忘，仍愛於十年生死兩茫茫。人啊，為何總是失去後才懂得珍惜？一個人思念另一個人，留下美麗的作品，思念與傷痛都會讓這份遺憾沉澱成最美的記憶。他們戛然而止的感情讓後人無限唏噓。

第五章　莫辜負最好的時光

時光的洪荒，曾經那麼波瀾壯闊，遇見與錯過，都被席捲而過。如果有緣，有朝一日我們還會再重逢。你相信嗎？只是在時光的單行道上，那些最美好的已經一去不回頭。

鄭風．丰——僅此一生，過期不候

黃色的樹林裡分出兩條路，
可惜我不能同時去涉足，
我在那路口久久佇立，
我向著一條路極目望去，
直到它消失在叢林深處。
但我卻選了另外一條路，
它荒草萋萋，十分幽寂，
顯得更誘人，更美麗；
雖然在這條小路上，

很少留下旅人的足跡。
那天清晨落葉滿地，
兩條路都未經腳印汙染。
啊，留下一條路等改日再見！
但我知道路徑延綿無盡頭，
恐怕我難以再回返。
也許多少年後在某個地方，
我將輕聲嘆息將往事回顧：
一片樹林裡分出兩條路——
而我選擇了人跡更少的一條，
從此決定了我一生的道路。

這是美國詩人羅伯特．佛羅斯特的名作〈未選擇的路〉。人處在岔路時的選擇就是這樣吧，當時以為只是一個很不經意的決定，在你今後的人生中若有所追悔，卻難以再回頭重來了。每個人僅有一生，有些選擇過期便不會再候，而〈鄭風．丰〉講述的也是這樣一個故事。

子之丰兮，俟我乎巷兮。悔予不送兮！

子之昌兮，俟我乎堂兮。悔予不將兮！

衣錦褧衣，裳錦褧裳。叔兮伯兮，駕予與行。

裳錦褧裳，衣錦褧衣。叔兮伯兮，駕予與歸。

褧（ㄐㄩㄥˇ），古代用細麻布做的套在外面的罩衫。你的臉龐真豐盈，等候我在小巷中。我真後悔沒跟你走啊！你的身材多魁梧，等候我在廳堂上。我真後悔沒跟你去啊！身穿錦緞紅嫁衣，縐紗罩衫肩上披。迎親的人快來啊，駕車接我把路趕。縐紗罩衫肩上披，身穿錦緞紅嫁衣。迎親的人快來啊，駕車接我出嫁去。

女子因沒能和相愛的戀人結婚，後來獨自悔恨遺憾，並幻想著有一天戀人前來迎娶她時的場景。可幻想往往是無法實現的。這位女子的戀人，曾經一次次等待她的回應，等她答應嫁給他，最後，他終於失望地離開了。等到女子醒悟的時候，已是追悔莫及。這是一個令人遺憾的故事，然而人生有太多的不如意和不得已，在某些關鍵時刻是不能出差錯的，一旦錯過便再也無法回頭，比如愛情，比如婚姻，比如某次機遇，再比如生命。因為對每個人來說，都僅此一生，過期不候。這女子帶著遺憾追悔的時候，那感覺其實是有點酸澀的。她只要一想到：「如果當初我那樣做了，其實就可以避免現在的……」就更感覺到澀，然悔之晚矣。

《毛詩序》說此詩：「刺亂也。婚姻之道缺，陽倡而陰不和，男行而女不隨。」大儒朱熹在《詩集傳》中說此詩：「婦人所期之男子，已俟乎巷，而婦人已有異志不從，既而悔之，而作是詩也。」更有人解為，當時男子向這女子求婚時，她正與戀人賭氣、耍小性子，以致錯失了大好姻緣而抱憾悔恨。這些說法貌似太形而上了點，對這位女子的評價也不甚公平，我們還可以有更感性的理解。文學史家陳子展在《詩經直解》一書中，以為〈丰篇〉：「蓋男親迎而女不得行，父母變志，女自悔恨之詩。」他將責任推及女子的父母身上，也並非全無道理。因為在先秦時期，青年男女的婚姻多是由父母包辦的，〈豳風．伐柯〉一詩中說「取妻如何，匪媒不得」，嫁女兒當然也是如此。

還是覺得，〈鄭風．丰〉一詩，抒發的定是一位女子因當初種種原因未能與相愛的人結婚，致使後來追憶時無限遺憾和悔恨。可能是女子父母或男方家長的極力阻撓，也可能是她自己沒有下定決心推託著，也不排除是兩家因為婚前的聘禮嫁妝等事宜談不攏而鬧僵了。即便是現代，也有很多青年男女在結婚前夕，因為雙方家裡無法談妥聘金和嫁妝事宜，最終分道揚鑣了。這女子和她的戀人也可能遭到家裡的阻撓，因為雙方家長極力反對他們結婚，所以這男子幾次前來等待她，兩人事先說好了要一起私奔。但是這名女子始終沒有勇氣離家私奔，最後男子傷心失望地走了。總之，當詩中的女子希望戀人再度前來迎娶時，已經是物是人非事事休了吧。所以她在追悔的時候，才有許多的「恨」啊。如果當初她能同男子那樣為自己的幸福積極爭取，她再勇敢些、強硬些，如果她鼓起勇氣和父母反抗到底，或者索性與男子私奔，那麼一切都會不同了吧？但凡事沒有如果，有些事錯過了便永遠錯過。往事不可追，徒有抱憾終身，這也是讓該女子最為痛心的。

所以，清代詞人納蘭容若才會作出著名的〈木蘭花．令擬古決絕詞〉，他在詞中如是寫道：

人生若只如初見，何事秋風悲畫扇。
等閒變卻故人心，卻道故人心易變。
驪山語罷清宵半，淚雨霖鈴終不怨。
何如薄倖錦衣郎，比翼連枝當日願。

戀人如果能一直像初次相見時那樣就好了，你儂我儂、情意纏綿，就不會出現因時間長了感情變淡，乃至移情別戀的事情了。更何況，兩個人相處的過程中還算簡單，若涉及談婚論嫁就是兩個家族的問題了。我們心願感情純粹純淨，不夾雜半點凡塵瑣事，這一點卻往往最難以實現。既食人間煙火，便經人情世故，既為人子女，便不得傷父母心，難免會被大事小事、這個那個的羈絆所牽連。一旦被牽絆住，再去做選擇，很可能就不是自己想要的。等到獨自追憶後悔的時候，彷彿內心幡然醒悟了，但是你卻再沒有重回現場、重做選擇的權利了，那次的現場直播早已結束。人生沒有重播，僅此一生，過期不候。重新尋得的已經不是你要尋找的最初模樣了，就連容若這樣一個多情人，也不免發出「比翼連枝當日願」的感嘆啊。

納蘭容若在〈畫堂春〉一詞中，所抒發的感情也是心願不得重現的「遺憾和悔恨」。人生是沒有後悔藥可吃的，有時候我們一步沒有把握住，過後再去追悔徒有遺憾和無奈。相傳在妻子盧氏去世之後，納蘭容若愈感思念，於是作了不少悼亡詞來追悼亡妻，在詞中他曾說後悔當初沒好好待她，大有追隨妻子而去的心思。可能在冥冥之中有股神祕力量在幫助他吧，據說納蘭容若去世是在五月三十日，正好也是妻子盧氏的忌日。不能同日生，卻可「同日」死，這也是一種情緣吧。在這闋詞中，納蘭容若寫道：

一生一代一雙人，爭教兩處銷魂。相思相望不相親，天為誰春？

漿向藍橋易乞，藥成碧海難奔。若容相訪飲牛津，相對忘貧。

難怪詩人崔護的〈題都城南莊〉一詩，會被世人廣泛地傳頌：「去年今日此門中，人面桃花相映紅。人面不知何處去，桃花依舊笑春風。」就是在去年的今天，這長安南莊的一戶人家門口，我看見了那美麗的面容和盛開的桃花相互映襯，她的嬌羞模樣可比花還紅啊。時隔一年的今日，我故地重遊，可那有著粉嫩臉龐的美人卻不知去了哪裡。滿樹的桃花還是舊時模樣，含笑綻放著彷彿是她立於春風中。落花猶在，香屏空掩，人面知何處？這首看似物是人非、悵然若失、追悔遺憾的名詩，卻被世人爭相賦予一個大團圓的結局。

稍晚於崔護幾十載的文人孟棨，在其編著的《本事詩》一書中，記載了很多唐代詩人的名人軼事，其中〈情感第一〉的篇章裡便記錄了崔護與「桃花女」的這段桃花情緣。孟棨所記的這則小文中，是以崔護重遊舊地終與「桃花女」喜結良緣而告終。後人還覺得不夠盡興抒懷，又將其擴充為「崔護與絳娘的桃花緣」，非但「桃花女」有了姓名來歷，兩人這段「桃花情緣」的故事情節也更加曲折飽滿。現代戲劇大師歐陽予倩，也曾據此創作出京劇《人面桃花》。自此「桃花緣」便被用來形容男女間互生情意的代名詞，後世更衍生出如「人面桃花」、「交桃花運」、「命犯桃花」、「爛桃花」等等有趣的名詞來。

＊人生若只如初見，何事秋風悲畫扇

由崔護這首小詩所引發的諸多故事的真實性，已無須贅言。不難想像，為什麼崔護的這首小詩會成為經典，千古傳唱，後人又為什麼定要給崔護這首詩編織出一個個美好的結局來。我們都希望人生得以「大團圓」，誰也不想落個抱憾終生的結局。唐代元稹本以「始亂終棄」結局的〈鶯鶯傳〉，被元代雜劇家王實甫改編成了大團圓的《西廂記》，王實甫不過是藉此表達出世人「願普天下有情人都成眷屬」的美好願望。早年婚姻愛情坎坷的女作家瓊瑤，在她的小說裡樂此不疲地詮釋著愛情的忠貞不渝。人生總有不如意事，生活難免留有遺憾，關鍵在於我們該如何減少和避免它。

宋代詞人柳永在〈滿朝歡〉裡也說：「人面桃花，未知何處，但掩朱扉悄悄。」只要別等到「還君明珠雙淚垂，恨不相逢未嫁時」，早下決心，或許一切還有希望。錯過一次機緣，可能銘記一生遺憾。

流光容易把人拋，時間轟隆隆如天上雷聲，轉瞬即逝，親愛的你是否知道，生活中的我們是如此無能為力？僅此一生，過期不候。因為回不去了，便只能一路向前。

陳風．東門之楊——好時光，只怕辜負

青春是一條年輕的河流，日夜彈奏著一曲亙古的歌謠。有時輕快如流水行雲，有時又寂寥而滄桑，汩汩地流過我們的生命。穿越千年，世事變幻，有種遺憾從未改變。

後來，／我總算學會了如何去愛。／可惜你早已遠去，／消失在人海。／後來，／終於在眼淚中明白，／有些人一旦錯過就不再。／……

歌手劉若英的一曲〈後來〉，唱出了多少人心中的遺憾與喟嘆。走得快的豈止是青春呢？怕是青春裡的人和事吧。回望那些錯過的人和錯過的事，我們只能深深自責，還假設要是早知道怎麼怎麼樣，可是早知今日，何必當初，世事難料，人生無常，生活中的許多事情確實超出了人類的掌控。對於錯過的，我們也只能抱以深深的遺憾。

我們在古老的詩歌總集《詩經．東門之楊》中也能追尋到這樣的事情。

東門之楊，其葉牂牂。昏以為期，明星煌煌。

東門之楊，其葉肺肺。昏以為期，明星晢晢。

這是發生在陳國都城東門外的故事，東門是青年男女的聚會之地，有「丘（山丘）」、「池」、「枌（白榆樹下）」、「楊（楊樹下）」等，〈陳風〉中的愛情之歌〈東門之池〉、〈宛丘〉、〈月出〉、〈東門之枌〉，大都產生在這塊愛情的聖地上。牂牂（ㄗㄤ），風吹樹葉時發出的聲音；晢晢（ㄓㄜ），明亮的樣子。

陳國是小國，從它成立之日到被吞併，六年多的時間，它的勢力弱小，也從來沒有想到要去稱霸，人民都只是過自己的生活。在那個古風滿天的先秦年代，陳國的熱戀男女一般都相約在黃昏的樹林中。

「月上柳梢頭，人約黃昏後」，那片楊樹林面積比較大，樹因年代久遠枝葉茂盛，是不是象徵著陳國男女的愛情也如樹林一樣繁茂而生生不息？和那個心愛之人約好了時間，其中一個早早來到，望著樹林，急切地徘徊，其焦急的心情凡等待過的人都會理解。這約會在戀人的心上，既隱祕又新奇，其間湧動著的當然還有幾分羞澀和興奮。等待者站在高大的楊樹下，抬頭看見了天上閃亮的星星，似乎在向自己眨著眼睛，心情也就略微好了起來，有星星相陪，想著念著，靜靜地等待愛人的到來，也是一種幸福吧。

從〈東門之楊〉可以看出愛情的美妙，這種等待帶來的美感，有一種珍惜在裡面，不過，這種感覺是暫時的，要是被等的人一直不出現，會是什麼樣子？世事也往往弄人，等待的這位從黃昏一直等到夜深人靜，從夜深人靜又等到斗轉星移的凌晨，另一方還是沒有來，無盡的等待轉變成了難挨，也就成了一段錯過的感情。你看東門的大白楊樹，葉子正發出低音輕唱。約會定好的時間是黃昏，可直等到明星東上。你看東門的大白楊樹，葉子正發出輕聲嘆息。約會定好的時間是黃昏，可直等到明星燦爛。

同出於〈陳風〉的〈東門之池〉感覺就不一樣了，同樣的愛情卻充滿著歡聲笑語。

東門之池，可以漚麻。彼美淑姬，可以晤歌。

東門之池，可以漚紵。彼美淑姬，可以晤語。

東門之池，可以漚菅。彼美淑姬，可以晤言。

想像一群青年男女在護城河裡浸麻、洗麻。大家在一起勞動，一起說說笑笑，高興了就唱起歌來，男子豪興大發，對著愛戀的女子唱出了〈東門之池〉，表達情感，表達愛情。而〈東門之楊〉到最後只能唱出悲傷。

一直以來，很多人堅信詩中楊樹下徘徊等待的應該是個女子，正如張愛玲所說的，如果男女的知識程度一樣高，女人在男人面前還是會有謙虛，因為那是女人的本質，因為女人要崇拜才快樂，男人要被崇拜才快樂。所以女人在男人面前總是謙卑的，只要有一點愛在，想那女子一定是早早吃了飯，喜滋滋到城門外等著，可是到最後卻落得失落情懷。〈東門之楊〉成為痴男怨女心中一個錯過的代表，南宋女詞人朱淑真在〈元夕〉中也流露出同樣的情感。

去年元夜時，花市燈如晝。

月上柳梢頭，人約黃昏後。

今年元夜時，月與燈依舊。

不見去年人，淚濕春衫袖。

女詞人效仿千百年前的那對男女，在花燈之夜與心愛的人相約。只是換了一下植物，楊樹換成了柳樹。千年之後，愛情同樣是猜中了過程，卻猜不著結局。就如電影《大話西遊》中至尊寶與紫霞仙子的愛情一樣，讓人感傷。不是說好要一直牽手到白頭嗎？結果是「不見去年人」，他已經消失在茫茫人海裡，有些人，一旦錯過就不再。

因錯失釀成的悲劇並不是中國所獨有，在希臘神話中也有這樣的傳說。巴比倫少女提絲蓓愛上了鄰家男孩皮拉穆斯，然而兩家有著深仇大恨，兩個人也不能相見，只能隔著牆壁說說話。這感動了「至美」女神阿芙蘿黛蒂，她決定幫助他們。一天，這對戀人發現兩家牆壁上出現了一道裂縫，透過它，兩個人可以看到彼此，還可以說話親吻。於是有了機會相約親暱。他們的第一次約會定在城外的一株白色桑樹下。夜晚來臨後，提絲蓓偷偷溜出家門，先行來到桑樹下等待，可是恰巧有一隻母獅子在那裡。獅子一見到少女，立刻張開大嘴，提絲蓓嚇得掉落面紗，連忙逃走，母獅並沒有追趕她，只是用爪子撕破了紗巾。等到少年皮拉穆斯來到，獅子已經離開，當他看見了被玷汙的面紗，猜想戀人一定是出了什麼意外。絕望之中，他吻別面紗，抽出自己的寶劍，刺入胸膛，鮮血把白色的桑樹染成深紫色。提絲蓓重返桑樹下，卻發現戀人在血泊中掙扎，故也倒在皮拉穆斯的劍上，陪他一起死去。

人生的路上，我們總是錯過些什麼。錯過一輛公車，錯過一場雨，錯過一個開始，錯過一次機遇，還有錯過一些人，一段感情。鏡裡朱顏，物是人非，人生宛如初見，那只是文人構建出來的理想狀態，要是可以追回錯過的人與時光，那當下擁有的情感怎麼辦？如果可以，就不要錯過與生命交錯的機會與幸福，即使錯過了，也把錯過的美好珍藏好，成就〈後來〉裡的那一段唱詞，問候一聲：「這些年來，有沒有人能讓你不寂寞？」

* 綽約嬌態誰得似

邶風．終風——當初好，於今佳期無約

終風且暴，顧我則笑，謔浪笑敖，中心是悼。
終風且霾，惠然肯來，莫往莫來，悠悠我思。
終風且曀，不日有曀，寤言不寐，願言則嚏。
曀曀其陰，虺虺其　，寤言不寐，願言則懷。

曀（一ˋ），烏雲密布有風；虺（ㄏㄨㄟˇ），雷聲。大風颳起疾又暴，見我他卻輕浮笑，調戲放浪又嘲笑，想來悲傷又懊惱。大風颳起沙塵暗，可肯順心來找我，我不去你就不來，我卻悠悠把你想。大風颳起卷天地，不見陽光空惆悵，夜半自語不成眠，打個噴嚏知我想。天色陰暗不見光，雷聲轟鳴天際響，半夜獨語不得眠，願他悔悟將我懷。

舊解對此詩的解讀分為兩類，一是認為這是「一首頗具性感」的情詩，學

者聞一多先生就認為，在《詩經》中以「風」起興的幾首詩中，要數這首〈終風〉寫的最淫了。他以為此詩是在反映女子對於強者之被虐而又樂受的心理。據此說法，也有人將此詩作為研究「性虐狂」和「受虐狂」的資料。二是認為這是寫一位女子被丈夫玩弄嘲笑後，又慘遭遺棄的詩歌。現在看來仍不排除這個可能，若將此詩列為「棄婦詩」也不算十分勉強，女子被拋棄，於是這女子「情動於中而行於言」。

其實，我們現代人時常會有這樣的感慨：你當時有意接近我、進入我的生活，處處表現得對我那麼好、那麼體貼，我終於由陌生到習慣慢慢接受你了，我以為我們的愛情就要放晴了，你卻忽然變得遙遠冷淡了起來，在我毫無防備的時候退出了我的生活，剩下我比先前一個人的時候還孤單還寂寞。那當初又為什麼要對我好呢？

這首詩裡的女子是在哀嘆吧，哀嘆男子的忽冷忽熱、喜怒不定，以及對她的可有可無，她也似乎明白了，他之前雖有糾纏，但並不是真的愛她，要真恨他吧，又恨不起來，說不惱他吧，怎麼可能不惱？其實很多男人不明白一個道理，那就是女人都討厭糾纏不清卻並不愛她的男子。並非有人追求了、有人糾纏了，女人的虛榮心都會受用，她的第六感能敏銳地嗅出這個男人是不是真的愛她。

《詩經．鄭風》中的〈狡童〉寫到了一名女子在遭情人冷落後的苦悶糾結心理。「彼狡童兮，不與我言兮。維子之故，使我不能餐兮。彼狡童兮，不與我食兮。維子之故，使我不能息兮。」她一邊埋怨道：你這個狡猾的小子，突然就不理我了，全都是因為你啊，好端端地讓我吃也不下、睡也睡不著啊。一邊又盡情地流露出對「狡童」的相思之情，畢竟他們只是暫時鬧個小彆扭，並未真正分手。這位戀愛中的小女人，真是愛恨交織，情絲之長，剪不斷理還亂啊。她在這頭寢食難安地疾呼，那偷走她心的男子又在做什麼呢？

可是〈終風〉裡的女主角沒有被偷心的女子幸運，她差不多已遭遺棄，至少已被男子打入「冷宮」。可悲的是，她還未完全醒悟，即便她有點意識到男子並非真正愛她，心裡還是有所不甘，還在天天想著他回心轉意：一會兒說希望他打噴嚏時，知道是我在想他；一會兒說希望他正在後悔著，滿心地想念我呢。

元稹曾在〈鶯鶯傳〉中寫過：「始亂之，終棄之。」後世便有了「始亂終棄」一詞。僅從抒情比較直白的古詩詞來看，在古代社會，女子被遺棄或冷落的可能性並不小，因為棄婦詩、閨怨詩乃至抒寫遭受冷落的詩詞不在少數。最主要的原因是，古代並非一夫一妻制，連平民都能有「一妻一妾」之福，更何況身處貴族階層、身分顯赫的男子呢？他們雖比不得帝王，有三宮六院七十二妃，但普遍還是妻妾成群。加之古代女子的地位又低，在男女愛情婚姻生活極不平等的狀況下，受傷害、遭遺棄的往往是可憐的女子。否則，在男人占絕對優勢的古代社會，我們怎麼看不到隻言片語的「棄夫詩」和「男怨詩」？法國著名女作家斯戴爾夫人說過：愛情對於男子只是生活中的一段插曲，對於女人則是生命的全部。雖然這句話我未必全贊同，不過在古代社會一夫多妻制的現實遭際下，的確也有一定的道理，女人相對處於一個弱勢的位置。

李白也有一首〈怨情〉詩，傳達出同樣的心境，一個女子因苦等愛人不至，內心由希望等到了絕望，由愛而生出了怨恨。

美人卷珠簾，深坐顰蛾眉。
但見淚痕濕，不知心恨誰。

這位美麗的女子，自從與情郎一別之後，時刻期待著與他的重逢。她每天早早地捲起珠簾，長久地坐在窗台前觀望與等待，生怕一不留神就錯過了與情郎相見。怎奈今日復明日，情郎始終沒有半點音信，可時光不待人啊，她早該到了出閣的年齡了，所以內心才無限恐慌著急。一想到這些，她就忍不住淚流滿面，心中開始怨恨起來。又能怨誰恨誰呢？恨自己嗎？太容易輕信人了，錯把一片芳心空付與？恨他嗎？走的時候不是已經說好了，他見到了父母就託媒人來提親的，不是說好了要生生世世永遠在一起嗎？這位佳人轉而又開始怨恨，既然你沒有打算要回來找我，沒有要向我提親，那你當初為什麼要對我說那些話呢？又為什麼要對我說那麼多山盟海誓的承諾？我若今生從未遇見你，也許就會安分守己地嫁人了，可是現在你讓我怎麼辦？你至少要託人給我捎個口信，讓我知道你一切安好啊？唉，當初為何要對我好啊？竟成了有始無終的結局。

遭受愛人冷落和遺棄，古詩中的女子在啜泣中一聲聲哀嘆：嫁個好人真難呀！我真是遇人不淑啊，竟落個始亂終棄的下場啊！何苦當初非要遇到你，遇到又為何愛我？哀怨詩詞裡相愛的結局大抵如此，沒有圓滿，有的是數不盡的哀怨。若非如此，為何偏要說那「人生若只如初見」的美？若非如此，為何還要唱那「執子之手，與子偕老」的期盼？

＊但見淚痕濕，不知心恨誰

齊風．南山——情殺「鴻門宴」，一段殘缺不全的折子戲

一般來說，詩歌要是寫的是一段歷史，就很難說清楚歷史的真相，《詩經》中關於姜家姐妹的真相可以從詩歌中窺探一二，但不是全部。我們權且當做舞台好戲來看，熱熱鬧鬧，有多少人在同一個舞台上，你方唱罷我登場，上演著愛恨情仇殺的故事。

回到歷史的現場，齊國僖公有兩個如花似玉的女兒宣姜、文姜，姿容絕代，豔冠天下，是各國諸侯、世子追慕的對象。大女兒宣姜已到適嫁的年齡，齊僖公經過一番挑選，決定把她嫁給衛國衛宣公的兒子。誰知半道被她的公公衛宣公搶親了，因為這個媳婦太漂亮了。經過宣姜的事一鬧，再透過口耳相傳，尚且待字閨中的文姜更是揚名四海，惹得人人矚目，提親者眾多。

這一次齊僖公讓文姜自己選擇，最初時她看中的只有鄭國的帥哥太子鄭

忽，婚期在即，本該是一段佳偶天成的佳話，不料竟成了令當時的霸主父親齊僖公無法抬頭的笑話，並釀成了一件先於項羽「鴻門宴」的宴席殺人事件。

當時齊國正強盛，眾多來提親的諸侯太子一半是為了文姜的美麗，一半是為了齊國的勢力。文姜選中鄭忽，這對鄭國和鄭忽來說都是絕佳之事，鄭國人為此還作了一首詩歌稱讚此事：

有女同車，顏如舜華。
將翱將翔，佩玉瓊琚。
彼美孟姜，洵美且都。
有女同行，顏如舜英。
將翱將翔，佩玉將將。
彼美孟姜，德音不忘。

〈鄭風〉描述這位貴公子誇讚意中人的品德容貌。在他眼中，意中人的一切都是最好的，不管日後遇見多美麗的女子，他也永遠不會忘記意中人的品德和音貌。

這位貴公子無疑就是代指鄭忽，不過這只是鄭國人一廂情願的想法罷了，鄭忽不久後就以「人各有偶，齊大，非吾偶也」（《左傳》）為由單方面解除了婚約。

齊大非偶？齊國太強大了，不適合自己？鄭忽是傻了嗎？當然這只是託詞，鄭忽其實是打探到文姜與她自己的親哥哥齊諸兒有染。一個不愛美人的郎君，其實和我們的女主角已經沒有什麼關係了，有關係的是他打探出來的八卦消息迅速傳播。

這應該是事實，一國在另外一國設置密探不是什麼新鮮事，可以說是立國之本。齊國原本是建立在東夷之地上的國家，從首任國君姜子牙開始，就接受了東夷人的很多習俗，性解放便是其中的一種，齊國人在性方面大膽而直接，從不遮掩。兄妹情發展成了兒女私情，在先秦時期也很正常。

文姜從小自負美貌，作夢也想不到會被男人拋棄。父親齊僖公為了遮掩家醜，便匆匆將女兒嫁給魯桓公了。

作為父親，齊僖公對這兩個給自己丟臉的女兒又羞又惱。自己堂堂霸主，大女兒被一個老頭子騙娶，小女兒又和親哥哥有私情，自己的面子往哪擺。於是拒絕兩個女兒回鄉省親。其實也是擔心諸兒與文姜再續前緣，給自己丟人現眼。文姜十五年不得歸國，請將過去「格式化」，請將美好「另存新檔」，安心做國君夫人。她為魯桓公生下兩個兒子：姬同與姬友。魯桓公十四年，父親齊僖公歸西，哥哥諸兒當上了齊國的國君，就是齊襄公。文姜就以前往齊國賀喜為藉口，取得丈夫魯桓公同意，回到闊別十八年的故鄉看望哥哥。

一直對文姜念念不忘的齊襄公聽說妹妹要回來，大喜過望，親自到郊野三十里外迎接，此時齊襄公滿身成熟氣息，而文姜三十來歲如盛開的桃花，引得齊襄公心蕩神馳，差一點在妹夫魯桓公面前做出失禮的舉動。

記憶被風沙吹散在這座看似永遠不變的城，一點點地回來，當年那些在一起的畫面，彼此相愛纏綿的畫面，全都回來了。

當晚，兩人就迫不及待地做了他們十八年來沒有做過的事情。當然，齊襄公找了很多藉口，比如說後宮的妃嬪想與小姑見面等等，讓魯桓公一個人住在驛館，冷衾孤枕，等他再見到妻子時，眼看文姜春風滿面、醉眼淫蕩，魯桓公怒從心起，狠狠地打了她一個耳光，又說了幾句狠話，大概就是妳以為我不知道你們兄妹的姦情嗎？看我回去怎麼收拾妳！並吩咐隨從即日啟程回國，不再做一刻停留。

文姜挨打是輕，但聽到回去收拾自己自然大驚，連忙讓人給兄長齊襄公報信。齊襄公腦袋一熱，頓起殺機——妳已歸來，我必與妳同在！他的藉口信手拈來——設宴相送。因身處別人的地盤，魯桓公無奈，只得前來，在這場「鴻門宴」上，魯桓公被齊國群臣灌得酩酊大醉。待宴席一散，齊襄公安排一個叫彭生的人對魯桓公下手。

一國國君殺死另一國國君，在當時絕無僅有。齊國對外宣稱是魯桓公飲酒過度暴斃。消息傳來，魯國悲痛，明知是被姦夫淫婦所害，但是魯弱齊強，倘若貿然出兵，猶如以卵擊石。萬般無奈，只好先行扶立太子同繼位，即為魯莊公。然後前往齊國迎回桓公的靈柩，並要求追查國君死亡的原因，要求齊國給一個交代。

追查的結果自然是彭生做了代罪羔羊。自古被利用之人就是吃力不討好，出了什麼問題都會扣在他頭上。彭生悔恨有加，臨死關頭，當著齊襄公、魯國使者的面大罵襄公兄妹亂倫，害死魯桓公，並發誓死後將變成厲鬼，向齊襄公索命。事情很快就傳遍了齊都臨淄，並繼續往外傳揚，很快整個天下都知道了。

傳揚歸傳揚，姜氏兄妹彷彿不在乎這些，料理完魯桓公的喪事後，文姜仍然住在齊都臨淄，不回魯國，而且夫君新喪，也不含淚守喪，依然服飾光鮮，與親哥哥齊襄公共享良宵。我們已過了半個青春，哪還有那麼多滄桑去等待，趕緊擁抱、同車招搖，這些都被當時的詩人記錄了下來，比如〈齊風・南山〉：

南山崔崔，雄狐綏綏。魯道有蕩，齊子由歸。既曰歸止，曷又懷止？

葛屨五兩，冠緌雙止。魯道有蕩，齊子庸止。既曰庸止，曷又從止？

蓺（一、）麻如之何？衡從其畝。取妻如之何？必告父母。既曰告止，曷又鞠止？

析薪如之何？匪斧不克。取妻如之何？匪媒不得。既曰得止，曷又極止？

詩中說魯國的道路如此平坦，齊國的文姜就是沿著這條路嫁去魯國的。既然她已經嫁了，你為什麼還想要她回來？既然已經嫁給了魯君，可為什麼還要和別人上床？而且還是明媒正娶的，為什麼會壞到這種地步？〈齊風〉中的故事採集於齊地的民間歌謠，都是民眾輿論的真實反映。〈南山〉這首歌謠就不像〈鄭風．有女同車〉那樣帶有讚揚了，而是反映諷刺淫侯蕩婦的大眾心聲，譴責他們逆天亂倫，自行苟且，實屬無恥。

〈南山〉一詩似人民茶餘飯後的閒談笑話，帶著一點市井民生的野趣味道，先人和我們現在一樣八卦。多少年來，有關文姜的這一段奇情豔遇，後世文人多數是在辭藻間宛轉演繹。文人因為多是進入編制內部供職，一旦站在人民的對立面，就會各種露骨批判，說秩序比愛更為重要，失去詩歌原有的味道，沒有這首詩歌天真大方，透露出無懼無畏的清新氣息。

〈齊風〉還有一首〈載驅〉也表達著齊國人民對此二人的不齒。

載驅薄薄，簟茀朱鞹。魯道有蕩，齊子發夕。

四驪濟濟，垂轡濔濔。魯道有蕩，齊子豈弟。

汶水湯湯，行人彭彭。魯道有蕩，齊子翱翔。

汶水滔滔，行人儦儦，魯道有蕩，齊子遊遨。

簟（ㄉㄧㄢˋ），方紋竹蓆；第（ㄈㄨˊ），車簾；鞹（ㄎㄨㄛˋ），光滑的皮革。用漆上紅色的獸皮蒙在車廂前面，是周代諸侯所用的車飾，可以看出他們乘坐著相當高級的車子。四匹雄壯的黑色駿馬拉著輕車，裝飾豪華，文姜與兄長襄公在車中尋歡作樂，路上的人看不到，二人也以為過路人看不到他們，只顧在車中歡樂，乘著車四處遊玩。殊不知，全天下人都知道他們的行為，對他們的諷刺早已滿天飛。

文姜堅持住在齊都臨淄，對那些諷刺滿不在乎，她的婚姻一波三折，引出謀殺國君的事件，引出那樣不齒的亂倫穢行，轟動了全天下。甩一甩水袖風生水起，她那婀娜多姿的身影款款舞動，《詩經》上留下了許多關於她的篇章，毀譽參半，她的荒唐事足以令人深思。

這一段殘缺不全的折子戲還在繼續。

齊風．猗嗟——多少紅塵深景，幾許醜聞，幾多憂恨

齊襄公殺死魯桓公，造成中國史上空前絕後的弒君事件，這件事還沒有結束。故事中的人穿上鳳冠霞衣，我將眉目掩去，大紅的幔布扯開了。

正當文姜、齊襄公兄妹兩人在齊都臨淄如膠似漆地纏綿時，另一頭的魯莊公吃不消各方非議，派遣使者來接母親回魯國去為父親守寡。於禮法上，文姜新喪夫君，兒子繼位，理應回國照顧一切，文姜拗不過公理，只得戀戀不捨地登上馬車。但她心中實在放不下哥哥，很有些後世唐代詩人王維送別的意味：「山中相送罷，日暮掩柴扉。春草明年綠，王孫歸不歸？」（〈山中送別〉）王

維的送別，人家剛走就問你還回來不回來了。文姜還沒走就說好了回來的日期。當轆轆的車輪行駛到齊魯之間的禚地時，文姜就有了新主意，命令停車不進，對魯國的大臣說：「這個地不屬於齊國也不屬於魯國，正是我的家呀。」

魯莊公只好派人在禚地建造宮殿，讓母親在此居住。身為人子，也只能如此。齊襄公聽說文姜滯留禚地，心領神會，也在禚地附近蓋了一座離宮。兩處美輪美奐的宮室遙遙相對，此後，姜諸兒頻頻「行獵」，目的地當然都是禚地了。史書上記載的次數很多，他們的歡聚一次比一次公開化，越來越肆無忌憚。《左傳》在記載這些事情時毫不客氣地批了一句：「姦也。」

雖然二人頻繁相會，但齊襄公後宮沒有正妻，為了中和與妹妹的風流韻事帶來的非議，他決定向周王室請婚，求娶當時周莊王的妹妹。周王室儘管敗萎，但仍堅持很多規則，禮制上規定，王室的婚嫁要由同姓公侯來主持。四處搜尋，這項任務就落在了同為姬姓的魯莊公頭上。

魯莊公會為他主持嗎？他的身分很是特殊：齊襄公是自己的舅舅，也是母親的姦夫，同時還是自己的殺父仇人，這使得他在婚禮上相當尷尬，別人會怎麼看待自己？但母親堅持讓他主持，魯莊公一時成為諸侯之間的笑話。

笑就笑吧！自古文人亂史外加意淫，你們哪知道政治家的手腕和思想。我能夠這樣做，當然是有站在國君高度上考慮的。此後不久，魯莊公得到了好處，就是齊襄公邀請他一起去討伐衛國。他也就出兵了，打贏之後，齊襄公把戰利品全部送給了他。這是拉攏手段，魯莊公年少無知，還覺得舅舅對自己好好，便把殺父之仇、母親通姦給自己帶來的羞辱拋諸腦後了。

對此，魯國人還沒有說什麼，齊國人就對他們的國甥看不過去了，作了首民歌〈齊風・猗嗟〉來諷刺魯莊公。

猗嗟昌兮，頎而長兮。抑若揚兮，美目揚兮。巧趨蹌兮，射則臧兮。

猗嗟名兮，美目清兮。儀既成兮，終日射侯，不出正兮，展我甥兮。

猗嗟孌兮，清揚婉兮。舞則選兮，射則貫兮。四矢反兮，以禦亂兮。

詩文開篇就毫不掩飾地讚嘆起來：生來就美貌啊！身材高挑又修長，額角寬闊又有型，美目張開向人瞟，那舞步真是妙啊。愛美之心，人皆有之，僅幾句話，便把一個射獵高手描摹得讓人愛慕頓生、想入非非、無限嚮往。好一個藝高貌美的年輕君主，齊人感嘆地說：「真不愧是我的外甥啊！」

全是對魯莊公的讚美。

齊國人的稱讚是頗可以玩味的。幾乎全天下都知道魯莊公母親與舅舅的姦情，父親在齊國被謀殺。父親死後，他年少即位，沒有報仇，也沒有阻止姦夫淫婦繼續交往，竟然還跑去為姦夫主持婚禮，惹人嘲笑。讀讀詩中的話就知道是嘲諷，魯莊公雖然英俊、威儀有加，並且擅長射箭，卻不能端正家庭，反而和殺父仇人相善。哪裡談得上治國安邦！對於這樣一個國君，齊人還要讚美他？難怪《毛詩序》說〈猗嗟〉是以美為刺了。《毛詩序》拘於時代，有時是過度解釋了一些，但在這一點上，說得還是不錯的。

＊名園春此好顏色，知是宮中第幾枝？

《詩經》中還有一首〈齊風．敝笱〉：

敝笱在梁，其魚魴鰥。齊子歸止，其徒如雲。

敝笱在梁，其魚魴鱮。齊子歸止，其徒如雨。

敝笱在梁，齊魚唯唯。齊子歸止，其徒如水。

笱（ㄍㄡˇ），竹製的魚簍；敝笱，破魚網，這裡比喻文姜。全詩說魯莊公母親文姜回娘家的情景，翻譯一下就是，破簍攔在魚梁上，鯿魚鯤魚心不驚。齊國文姜回娘家，隨從人員多如雲。破簍攔在魚梁上，鯿魚鰱魚心不虛。齊國文姜回娘家，隨從人員多如雨。破簍攔在魚梁上，魚群來往不惴惴。齊國文姜回娘家，隨從人員多如水。詩中的「如雲」、「如雨」、「如水」，寫她的風光無限，諷刺著兒子魯莊公的軟弱無能，母親文姜又該是何等的歡樂。

就這樣齊襄公與文姜又瘋狂愛了幾年，兩人經常四處遊玩嬉戲，有時候常年不歸，國政自然好不到哪裡去。而危機就必然在潛伏中發展。大夫鮑叔牙跟隨公子小白出奔到莒國去了，管仲也跟著公子糾跑到魯國。

不久，齊襄公被大夫連稱和管至父所殺，公子無知被立為國君。其實這兩個人弒君並不是因為和他有什麼深仇大恨。起因於兩人奉命駐守在國土邊疆，被派出去的時候問了下外出戍守多久，齊襄公當時正吃西瓜，隨口說了句明年瓜熟時候吧。

到了第二年瓜熟時期，齊襄公正與文姜在外遊玩沒有回來，也根本忘了戍邊將士的換防約定。恰好這個時候齊國邊境有不少動亂勢力，連稱與管至父兩位大夫想著換防的時間到了，怎麼不換？要是出了問題，是自己還是下一任守將要承擔責任？於是私自回齊都臨淄了。

但是軍國大事，可不是說撤防就撤防的，要是齊襄公追究下來，肯定是自己的罪過，但現在已經回來了，齊國上下也是離心離德，索性一不做二不休，把漫遊歸來身心俱疲的齊襄公殺掉。齊襄公整天與文姜歡樂，哪有還手之力，於是被殺死。文姜有沒有傷心史書中並未記載，但郎曉妾的意，妾懂郎的好。只是後來——是啊，關於愛情的事幾乎提不得後來。

齊襄公死後的歷史就很明白了，鮑叔牙擁戴的公子小白與管仲擁戴的公子糾，經過一番激烈的鬥爭，最終小白獲勝，他沒有記仇，反而任用仇人管仲為相，春秋的第一個霸主齊桓公便誕生了。

而這時的魯莊公自然還是魯莊公，年長了不少，不過政績上並沒有什麼建樹，值得慶幸的是，母親文姜在禚地待不下去了，回到魯國，之後也一改往昔，成為兒子魯莊公的助手，一心一意地幫兒子處理國政，由於她手腕靈活，心思縝密，幫助兒子處理了不少國家事務，她在之前不曾涉足的領域聲名大噪，最值得一說的是在長勺挫敗了齊桓公的進攻！大千世界，許多不切實際或者切合實際的事發生了又消失，這都是常態。

在春秋戰國這個五彩繽紛的時代裡，姜家姐妹上演的一齣齣愛恨情仇的故事，其實也是最好看的，屏除掉一開始的訝異，我們也許會慢慢認同，世界這麼大，很多感情真的只能冷暖自知。

脫下鳳冠霞衣，將油彩擦去，大紅的幔布閉上了這段折子戲。隨著時間的流逝，齊國強大無比，幾乎所有的人都忙著歌頌齊桓公的霸業，齊襄公與文姜的那些風流往事、魯莊公的那些丟人現眼之事，漸漸地被歷史遺忘，只是長存在《詩經》中，被後人翻來覆去地研讀，真真假假，自己睜大眼睛辨認。

第六章 緩歌淺笑，剎那芳華

光陰把曾經的苦澀化作日後的笑談，歲月也撫平了過往的躁動。時光，時光，輕輕一流轉，便又是一年。因為有著一些溫暖的思索，一切便可動容，我感恩時光饋贈的美好。

曹風．蜉蝣——人生須臾，芳華辭世

走路時耳畔響起歌手王菲的〈紅豆〉——「有時候，有時候，我會相信一切有盡頭，相聚離開都有時候，沒有什麼會永垂不朽。」

哦，沒有什麼能夠永久，她是在感嘆，人生易老，旭日一轉身變成落日，青絲一轉身變成白髮……等一等，等一等，時間能否稍作停留？

這樣來說頗有哲學的味道。中國的哲學思想誕生得很早，孔子老早就站在水邊感嘆「逝者如斯夫，不舍晝夜」（《論語．子罕》）；莊子以「白駒過隙」來比喻人生的短暫，《詩經》中〈曹風．蜉蝣〉在更早一些就唱出了生命的荒涼：

蜉蝣之羽，衣裳楚楚。心之憂矣，於我歸處。

蜉蝣之翼，采采衣服。心之憂矣，於我歸息。

蜉蝣掘閱，麻衣如雪。心之憂矣，於我歸說。

三千年前，敏感的詩人借助一隻蜉蝣，寫出了脆弱的生命在死亡前的短暫美麗和面臨死亡時的困惑。蜉蝣是一種生命週期很短的昆蟲，牠從幼蟲在水中孵化以後，要在水中待上三年才能達到成熟期，然後爬到水面的草枝上，把殼脫掉成為蜉蝣，之後還要經過兩次蛻皮，這才能展翅飛舞，之後的時間更加忙碌，在幾個小時內交配、產卵，不知疲倦，而後就要死去。

西漢淮南王劉安的《淮南子》中記載：「蠶食而不飲，二十二日而化；蟬飲而不食，三十二日而蛻；蜉蝣不食不飯，三日而死。」明朝李時珍在自己的藥學巨著《本草綱目》中更是一語抓住蜉蝣的生態特徵：「蜉，水蟲也……朝生暮死。」歐洲人也早就發現了蜉蝣的生命短促，他們給牠起的學名「Ephemeroptera」就是短促的意思。

超越一般人的人注定要比常人多幾分清醒與痛苦。〈蜉蝣〉的作者知道蜉蝣不久就會死去，可是他所看到的蜉蝣似乎不知自己就要死去，因而還是穿著鮮豔好看的衣服，美麗無比，俏麗動人。翅膀完全透明，身姿輕盈，宛如古代的宮妓，尾部兩三根細長的尾絲，也如古代美女長裙下搖曳的飄帶。詩人不禁發出了長嘆：蜉蝣在有限的生命裡還在盡情展現自己，而作為人類的我們有著漫長的生命，卻不知道要走向何方。

在千年之前的流水湖畔，他憂傷地唱著這支寂寞的歌曲。這是一首訴說自己內心迷茫，對生命敬畏並且充滿了憂傷的歌曲，作者想要淡然地面對生命這個嚴肅的話題，卻又戰戰兢兢，無法克制內心對於時光飛逝的驚恐。蜉蝣的羽啊，楚楚如穿著鮮明的衣衫。我的心充滿了憂傷，不知哪裡是我的歸處？蜉蝣的翼啊，采采如戴著華美的首飾。我的心充滿了憂傷，不知哪裡是我的歸息？蜉蝣多光彩啊，彷彿穿著如雪的麻衣。我的心充滿了憂傷，不知哪裡是我的歸結？

說起來人生不過百年，實際一般都是幾十年。人類在哀憐蜉蝣「朝生暮死」的同時，自己何嘗不是造物主的一隻「蜉蝣」呢？人作為自覺的動物，在其生存過程中意識到死亡的陰影，於是人生短暫的感覺日漸強烈。在中國的傳統神話中，天上一日，人間一年，人生的百年時間，也不過天上的百日那麼短暫。

晉朝時有個樵夫，上山砍柴時不小心進了一個洞穴，在那觀看兩位老人的一局棋，誰料回家後卻發現自己的孫子都比自己老上幾十歲，時間已經在他觀棋的一會兒中流逝百年。人生漫長的光陰，不過是別人的彈指一揮。人的一生也不過是一隻蜉蝣而已。這種想法有些悲觀，但是這種悲觀也算是對人生的一種清醒認識吧。

文學大家蘇軾認識到這一點，就在〈前赤壁賦〉中發出感嘆：「寄蜉蝣於天地，渺滄海之一粟，哀吾生之須臾，羨長江之無窮。」古戰場赤壁在，滾滾東流的長江也在，而那些曾經叱吒風雲的英雄卻已消失無蹤。時間是如此無情，不會對任何一個人、一件事客氣，英雄人物以為自己改變了一切，對時間來說，不過是一粒細小的灰塵罷了。

時間本是身外之物，獨自沉靜，緩慢地流淌於世間，只是因為人類妄自慌亂，才令時間變得倉促而殘酷。其實，生命本就是一場自顧自的表演，又何必過分在意這場表演的長短呢，只要深刻精彩，任何表演都是永恆存在的。

換句話說，蜉蝣雖然最脆弱，生命最短暫，但是也在堅定地走自己的路，等待、蛻皮、交配、產卵，完成自己的任務，這是死亡也無法摧毀的強大意志。這便是〈蜉蝣〉傳遞出來的人生哲學。

蜉蝣有自己逍遙自在的生活，那麼作為人，也應該有自己的精彩。儘管從出生的那一刻起，就有一個叫「死亡」的可怕結局在另一端等候。人的一生終究也不過這個結局，但是在走向這個結局的路上，卻有很多精彩的東西值得我們去關注、去努力。

這就是哲學家所說的：「生與死的距離是固定的，我們卻可把兩點之間的距離用曲線走得更加精彩，如果活著只是為了趕路，從生的這邊直接趕到死的那邊，那麼活著何異於行屍走肉？」

〈蜉蝣〉的作者不知道自己要走向哪裡，感嘆著光陰流逝。「當時共我賞花人，點檢如今無一半。」詞人晏殊的名詞〈木蘭花〉也是無端生出一種悵惘，人生無常，當時一起賞花的人呢？算來算去，已經有一半不在了。「流光容易把人拋，紅了櫻桃，綠了芭蕉。」宋詞中李清照說的意境更美，但是佛家有句話說得更好：「盡日尋春不見春，芒鞋踏破嶺頭雲。歸來偶把梅花嗅，春在枝頭已十分。」（〈尋春〉）

其實沒有必要去嗟嘆人生如蜉

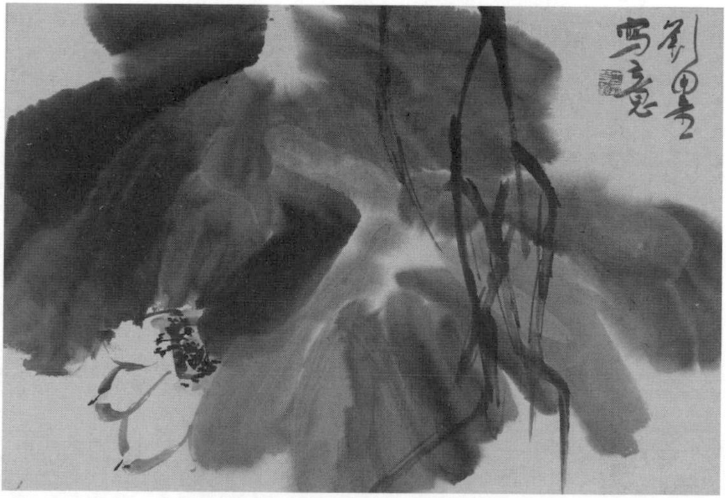

＊流光容易把人拋

蝣，不管生命長短，要是人類也像蜉蝣一樣，盡力去完成生命中的每一件事，細體身邊事，快樂感懷油然而生。觀花望死，在一瞬間離世而去，大不了下個輪迴再來。

鄘風．相鼠——時代明澈的寫照，禮崩樂壞的悲歌

詩歌，是一個時代最明澈的寫照，作為先秦人民喜聞樂見的形式，《詩經》體現的並不只是當時的文人情趣，更多的還有整個社會生活的迴響與回聲。如今我們再來品讀，這些就是回音牆，讓我們了解當時的各方各面。

我們發現，《詩經》與老鼠躲不開關係，遍閱《詩經》三百〇五篇，有五篇和老鼠有關。〈召南．行露〉：「誰謂鼠無牙，何以穿我墉？」誰說老鼠沒有牙，不然牠怎麼把我的牆都咬穿了呢？點出了老鼠噬嚙成性的本質。〈魏風．

碩鼠〉：「碩鼠碩鼠，無食我黍，三歲貫汝，莫我肯顧。」大老鼠呀大老鼠，不要再吃我的糧食了，養了你這麼多年，你卻一點都不顧念我。這裡把那些統治者比作大老鼠，點出了他們像老鼠一樣貪婪、忘恩負義，一點都不顧念其衣食父母——老百姓的死活。〈豳風．七月〉：「穹窒熏鼠，塞向墐戶。」把鼠洞都塞上，點上蒿草燻燒牠們，再把門窗的縫隙用溼泥巴糊起來。老百姓的日子已經夠艱難了，大老鼠就不要再來啃吃他們的衣食，使他們難上加難了。〈鴻雁之什．斯干〉：「風雨攸除，鳥鼠攸去，君子攸芋。」把風雨都擋在外面，鳥和老鼠都進不來，這才是君子的好住所。在這樣的好房子裡，老鼠怎能和人同住一個屋檐下？必除之而後快。

這幾首詩作都直接把老鼠當做憎惡、痛恨、驅趕的對象，但〈鄘風〉中的〈相鼠〉一詩卻獨闢蹊徑：

相鼠有皮，人而無儀！人而無儀，不死何為？

相鼠有齒，人而無止！人而無止，不死何俟？

相鼠有體，人而無禮！人而無禮，胡不遄死？

詩人把鼠輩這樣一個有皮有齒亦有體的完整形象和人進行類比，叩問人是怎樣的「無儀」、「無止」、「無禮」。儀，威儀也；止，羞恥心也；禮，禮儀也。這些都是人之所以為人而非一般動物的標誌，失去了這些，人還能稱自己為人嗎？恐怕只是白披了一張人皮，連老鼠都不如的傢伙還有什麼顏面存活於世上？不趕快去死還在等什麼呢？

著名歷史學者余英時先生在《詩經選》中說道：「〈相鼠〉這首詩是對於喪失廉恥、不成體統的反動統治階級人物的痛罵，說他連耗子都不如。」〈鄘風〉是衛國的詩歌，所以〈相鼠〉諷刺的對象一般認為是當時衛國的統治者。

春秋時代衛國宮廷荒淫無恥的事很多，詩中嘲罵的對象可能不只是個別的，而是一種普遍現象。衛國的統治者也真是荒淫無道的典型代表，翻開衛國的史冊，處處是見不得光的事情，卑鄙齷齪，驕奢淫逸，被史官一一記錄在卷：州吁殺了自己的親哥哥——桓公，使得衛桓公成了春秋時期第一位被弒殺的國君，州吁也成了為臣子者大逆不道的始作俑者，從他以後，弒君便成了一種慣例；宣公娶了太子伋的未婚妻；惠公為了爭位，謀殺太子；懿公玩「鶴」喪志；昭伯與後母亂倫……這一樁樁、一件件，父不慈，子不孝，兄不友，弟不恭，將禮儀、廉恥、天道、人倫都拋之腦後，怎能不讓人痛心疾首？詩人有感而發，將這些醜惡行為來了一個總概括。

衛國確實為後世開了弒君淫亂的先河，歷來不少霸主弒君屠殺都以衛國為藉口，以君王鮮血的豔紅作為自己開國慶典的主色，連一代聖君唐太宗都弒殺親兄，逼父退位。

〈相鼠〉全詩一共三章，都是以老鼠起興，諷刺衣冠楚楚、道貌岸然的在位者：沒有威儀，沒有廉恥，不遵禮儀，為什麼還不死呢？還要等到什麼時候呢？怎麼不快點斷氣呢？一連三個詰問，聲色俱厲，感情強烈，語言尖刻，盡情怒斥統治階級的昏庸無道。這三個章節其實是逐層深入的。第一章節說的「無儀」，指人的外表；第二章節是談「無恥」，指人的內心；最後一個章節是說「無禮」，指人的具體行為。它們正好構成一個重章疊唱的典型，合起來是一個完整的意思，一波三折，讓人震撼。

若講禮儀，不得不提一個人——孔子，我們都知道孔子十分重視詩教，重視禮教，所以才有編著《詩經》時的刪詩之舉，他把〈相鼠〉留下來，諷刺衛國國君不知羞恥，指出他早晚都是亡國之君。

這大概就是〈相鼠〉的隱喻了吧，從老鼠身上反觀統治之道，將一國的腐朽揭露給人看，衛國這艘大船已經是蛀蟲滿身，朽木之雕，行之不遠了。後世之君若不汲取教訓，也是在自取毀滅。

終有一個受益的人，這個人就是大名鼎鼎的秦相李斯，他從老鼠身上領悟到獨特的老鼠哲學。《史記》記載李斯做小吏時，有一次進廁所，看到一群老鼠，一見有人來就十分惶恐，這是很正常的現象，本來就是「老鼠過街，人人喊打」嘛，李斯大概也沒有在意。後來又一次在糧倉看到老鼠，牠們簡直是鼠輩之中的老大，居無風雨，又飽食終日，練就了一副熊心豹膽，見到人來，安之若素。這就不合常理了。李斯大為感慨：「人之賢不肖譬如鼠矣，在所自處耳！」感覺人生一世就像這些老鼠一樣，只因為所處地方的不同，竟然會有這樣大的境遇差別。所以他下定決心，即使做老鼠，也要做一隻生活在糧倉中的老鼠，給自己找到一個好的安身立命之處。當時的秦國就是這樣一個大「糧倉」，後來李斯輾轉入秦，終於坐到秦相的位置，改變了一生的命運。從李斯的經歷來看，後人恐怕真的可以為老鼠立傳了。

古書上還提到一種禮鼠，牠們見了人，就把兩隻前腳相交叉做拱手狀，美其名曰「拱鼠」。西晉文學家陸璣云：「河東有大鼠，能人立，交前兩腳於頭上，跳舞善鳴。」（《疏》）韓愈〈城南聯句〉：「禮鼠拱而立。」或許真有這樣的老鼠吧，看來老鼠中還真有懂得禮儀的。

和這些尚知禮儀的老鼠比起來，人類社會還真的很難說比牠們強。人為了一己之利，巧言令色，極力鑽營，不也可悲可嘆嗎？有幾個人從〈相鼠〉中汲取了教訓？歷史上「夏亡於妺喜，商亡於妲己，周亂於褒姒，吳滅於西施」僅僅是紅顏禍水嗎？漢元帝左飛燕右合德，沉迷於聲色犬馬；唐明皇娶了自己的媳婦，仍然有人津津樂道傳為佳話；明熹宗在內憂外患的國難當頭，不務正業，每天只跟一些斧頭、刨刀、鋸子打交道，當了一個木匠；康熙晚年「九王奪嫡」，又有著說不完道不盡的版本，反反覆覆地演繹……是的，沒錯，成王敗寇，柔情在世界的各個角落裡膨脹，但誰都得承認，禮儀、廉恥、天道、人倫都只是形式，落在詩人眼裡，恐怕也要忍不住重新拉出來和老鼠比較比較了：簡直連老鼠都不如，不如死去吧，不如死去吧。

而在那樣的亂世，在那樣的多事之秋，作為萬民仰望的一國之君，不發君之言，不舉君之行，他的臣民難免要作此禮崩樂壞的悲歌了。

魏風．十畝之間——賦予生活，生動的剎那

《詩經》中有一首很短的詩，即〈魏風〉中的一首民歌〈十畝之間〉：

十畝之間兮，桑者閑閑兮，行與子還兮。
十畝之外兮，桑者泄泄兮，行與子逝兮。

一派清新恬淡的田園風光，採桑人在桑間，輕鬆愉快，多麼美麗的畫面，羨煞後人。唐代有位叫李涉的詩人，讀過此詩後就決定出去走走，去登山。「終日昏昏醉夢間，忽聞春盡強登山。因過竹院逢僧話，偷得浮生半日閒。」他說自己終日奔忙，彷彿在夢中一般。那一天，登山路過竹林深處時，偶遇寺廟裡的僧人，坐下閒聊，大師一句話便讓李涉麻木的內心獲得了輕鬆和歡愉。浮生半日閒，任憑時間過往流逝。便是這首〈題鶴林寺僧舍〉所要表達的意思。

不過，歷代勸說世人惜時用功的話語可從來沒有停止過。大詩人陶淵明在

〈雜詩〉中說：「盛年不重來，一日難再晨。及時當勉勵，歲月不待人。」盛年和清晨都是一個人最寶貴的時光，珍惜時間，不是縱情享樂、遊戲人生，而是建功立業，開創屬於自己的天地。中唐杜秋娘的〈金縷衣〉更是形象地勸勉世人：「勸君莫惜金縷衣，勸君惜取少年時。花開堪折直須折，莫待無花空折枝。」大好的光陰遠比華麗的金縷衣貴重，要將自己的熱情和年華投入到積極進取之中，擷取人生最燦爛繁華的光陰，如此，才不算辜負了寶貴的生命。

現代人的生活節奏似乎完全承襲了分秒必爭這一觀念，每日由清晨睜開眼睛勞作到午夜閉上眼睛，似高速旋轉的陀螺，用三分鐘起床洗漱，十分鐘打電話約客戶，十五分鐘與同事吃飯，一小時的飛機到達出差地……一如李涉「終日昏昏醉夢間」，頂著建功立業的志向，壓得沒有喘息的空間。

聰明的現代人可曾知曉，古人的言語中從來沒有反對珍惜時間建功立業，但在那只爭朝夕的進取外，也主張享受豐富的生活。拿杜秋娘來說，她丈夫李錡就是因為聽了她演唱的那首〈金縷衣〉，正中其意而將其收為侍妾，婚後，杜秋娘以女人的柔情和寬容彌補著丈夫的急功近利，給生活帶來別樣的風景，成就了一對「忘年戀」的典型。

我們只承襲了古人的片面之言，使其高速旋轉侵入大腦，在這匆忙行走的人間，能有幾個人有時間、有心情反思人生呢？機緣巧合，僧人指點了詩人李涉「偷得浮生半日閒」，誰又來指點我們這些現代人呢？

「天下熙熙，皆為利來；天下攘攘，皆為利往。」為加官晉爵，為仕途功名，為建功立業，芸芸眾生以各種理由在不懈地奮鬥著，珍惜了青春，卻辜負了年華。惜取少年時固然是一種昂揚的狀態，但於忙碌中品一杯香茗，也是人生應有的一種瀟灑。

日子怎麼過，快樂與否都是我們自己的。雖然我們不能如古人那樣在桑園裡悠閒漫步，但每寸忙碌的時光之外，稍稍止步，多一份嬉笑怒罵的樂趣，讓一個個剎那成為我們生活生動的表情，應該是每個人所盼望的吧？

十畝田間是桑園，採桑的人真悠閒，與你一同回家去，十畝田外是桑林，
採桑的人笑盈盈，走啊，與你一塊兒回家去。

＊山有扶有荷

周南．漢廣——做一尾潛泳的魚，安靜地游動在小品文的河流中

南有喬木，不可休思。漢有遊女，不可求思。
漢之廣矣，不可泳思。江之永矣，不可方思。
翹翹錯薪，言刈其楚。之子於歸，言秣其馬。
漢之廣矣，不可泳思。江之永矣，不可方思。
翹翹錯薪，言刈其蔞。之子於歸，言秣其駒。
漢之廣矣，不可泳思。江之永矣，不可方思。

秣（ㄇㄛˋ），餵馬；蔞（ㄌㄡˊ），草名，即蔞蒿。在〈漢廣〉這首詩中，故事的開始是這樣的。在一個清晨，砍柴的男子看見心儀女子在漢水邊徜徉的身影，飄揚的長髮、輕盈的裙裾在薄薄的霧氣中若隱若現。

那一刻，情思在男子內心悄悄生長。

當然，女子不可能知道他的想法，她是國君的女兒，而他只不過是一個卑微的奴隸。

這樣瘋狂的想法自然不會向任何人提起，但每天伐木時，男子內心總會幻想心儀女子的影子，他不可能忘記她，從春天到冬天，她是他最好的想念，漢水邊有漂亮的女子啊，但你不能追求，只能幫她餵好她的馬匹，看著她出嫁，忙前忙後，直到再也見不到她，唯獨剩下思念。

在《最美不過詩經》中，我已經解說過樵夫這種無力自拔、對水興嘆的單相思，其實人的內心深處一直希望愛是浪漫纏綿的、對等的、有美好結果的，《梁祝》傳說中梁山伯與祝英台終化蝶起舞，傳世樂府〈孔雀東南飛〉中焦仲卿與劉蘭芝化作鴛鴦相向而鳴，中國人中庸喜慶的心態裡，總希望有情人終成眷屬，而現實只能讓人沉默。

合上《詩經》，不想再讀這首〈漢廣〉，打開一本小品文，窗外皎潔的月光下，我突然發覺，〈漢廣〉不就是十足的小品文嗎？砍柴男子在岸邊一遍遍記敘著自己的心情，道出「漢有遊女，不可求思」的道理。都說小品文源於晉代，這首〈漢廣〉豈不是說明小品文源於《詩經》年代嗎？只不過當時沒有小品文的概念罷了。

捧起〈漢廣〉再讀一遍，心已似一尾游魚，千河萬水，來一趟小品文之旅，早已在關山疊嶂之外，在陶淵明的〈桃花源記〉中、袁枚的《隨園詩話》中、林語堂的《論語》中。

話說古代小品文在文化史上有三次巔峰，第一次是魏晉時期；第二次是晚明；第三次是民國時期。世俗生活的閒情逸致和平凡人生的喜怒哀樂盡在文章中，爛漫一時，流芳一世。

小品文最初始於書信、序文，語言優美，絕妙好辭，到漢魏以後，小品文中的山水遊記和筆記散文得到了長足的發展。陶淵明的〈桃花源記〉、酈道元的《水經注》、吳均的〈與朱元思書〉都是中國早期極優美的山水遊記小品。筆記散文集《世說新語》，信筆抒寫、不拘一格，讀來饒有情趣。

一點歡喜一點愁，構成魏晉人物的情緒脈搏，時起時落，組成生命的樂章，這些都展示在作品之中，有時生活困苦，但轉念一想，生命是何其短暫，給自己多一點幸福感，不妨礙他人，也不傷害自己，枕著幸福而眠，何樂而不為呢？

這個時期的閒適、閒逸，是士大夫的一種生活狀態和心境，諸如放情山水，寄興花草，摩挲金石，鍾愛書畫，嗜好茶酒，一一入文，初綻光彩。

隨著時間的推進，晚明是一個色彩斑斕的時代，思想人物也如鮮花一樣綻放，袁宏道、李贄、徐渭、張岱、李漁、袁枚等等，追求真我，獨抒性靈，表現自我，弘揚主體意識，追求獨立人格，蔑視聖賢偶像和權威，也就凝造了這個時期小品文的清新、機智、幽默，令人回味無窮。

在短小雋永、富於美感的晚明小品文的河岸上，有山水園林、琴棋書畫、清言妙語，還有花草、閒月——哦，還有酒，飲酒，流過唇邊的是風趣，是風雅，透過酒香和月光，我們可以往事重溫，於是愁風雨、傷別離、樂山水、喜做戲、愛流年。小品文作為一種獨立的文體，大放光芒。

到了一九三〇年代上半期，小品文再次盛極一時，林語堂創辦的《論語》半月刊是最早專門刊登小品文的雜誌，隨後各家雜誌紛紛開闢專欄，周作人、林語堂、梁遇春、梁實秋、豐子愷等文學家百花齊放，並出現對立的創作傾向和思想論爭。林語堂等人推崇晚明小品文，提倡幽默小品文、閒適小品文，把小品文視為個人獨抒性靈、消閒自娛的形式，這種意識已經融入到了作家本人的生活中了。這表現在他的隨意平和、幽默風趣、坦蕩自然、天真爛漫等品性和人生態度上。他走過的是「小品文」式的一生。這看似沒有什麼波瀾壯闊，卻也是風行水上的人生，瀟灑、自然、快樂和幸福，如一首綿延純粹的歌！

從嗔笑怒罵到望穿秋水，從郎情妾意到心傷欲絕。幾千年雲雨和月色從〈漢廣〉中走來，在文人才子的筆下流淌，點染塵世裡人們的風情雅緻。的確，人生也需要有些浪漫和風情，回憶才不至於蒼白，不至於虛弱到支撐不住我們的今生今世。

在我們的時代大潮中，偶爾讓心靈遠離窗外的車馬喧譁，讀讀這簡單短小的文章，寫單相思的也好，寫詩情畫意的也罷，做一尾潛泳的魚，安靜地游動在小品文的河流中。

邶風．式微——鄉間鄰里動情處，胡不歸

以前一直不知式微是什麼意思，這詞好像很熟悉，又好像很陌生。後來才知是《詩經》裡的詩名，這詩很短，只有幾句。

式微，式微，胡不歸？

微君之故，胡為乎中露！

式微，式微，胡不歸？

微君之躬，胡為乎泥中！

首句「式微，式微，胡不歸？」曾出現在張國榮電影《胭脂扣》裡學藝時的粵語唱句，連唱的「胡不歸，胡不歸」給我留下極深的印象，好像歌者在痴心地呼喚：天晚了，你怎麼還不歸？

《邶風．式微》中「微」就是天黑的意思。《詩經》裡有「彼蒼者天」、「莫黑匪烏」的句子，古人也有說「天黑」的詞語，但是為何放著「天黑」不用，而用「微」？這是因為「微」說的不僅僅是一種天色、一種時間，還有更多的感情，更多的內涵。「式微，式微，胡不歸？」似乎是邶國人蒼茫地呼喚著，呼喚著尋找自己內心深處的家園，穿越了千年的時光，至今依然感人肺腑。

在現今這個忙碌的世界，每個人都匆匆前行，正如河水在時間中流淌，時間在一切事物上流淌，我們只是在拚命前行，在這麻木冷漠的都市生活中，早已忘了該如何體會真情，如何回到內心深處的家園。

式微，式微，胡不歸？我最近回了趟老家，剛到家裡，老李家二兒子回來的消息不脛而走，很快就傳遍整個村落。鄰里叔伯就到我家來了。中午時叔伯競相邀請我到他們家吃飯。

酒席未必豐厚，村舍也並不豪華，推杯換盞的都是寶貴的鄉情。衣暖，酒香，心底湧起的是最溫暖的細流。

相較如今都市生活而言，古詩中的自然淳樸、鄉下的鄰里情長，似乎已成曠世絕響。在現代社會迅速物化的時代，鋼筋水泥拔地而起，樓越蓋越高，房子越住越大。鄰里卻越來越遠。「雞犬之聲相聞，老死不相往來。」曾經被用來形容西方冷漠人情的語言，也開始用來解讀不斷先進的自身。

尤其是都市化進程的加速，高樓大廈阻擋了人們的視野，沒有青山綠水的陪伴，能夠看到的只有不斷閃爍的霓虹燈，還有同人心般越來越冰冷的水泥路。古詩中可以路遇的那種菜園、穀場，小孩子在房前屋後跑來跑去、嬉笑歡鬧的樂趣，現代人恐怕沒辦法再體會了。一扇扇堅固的防盜門隔開了距離，也阻斷了交流。很多住在同一層樓的人，剩下的只有一串清晰的門牌號，至於周圍的鄰居姓什麼、名什麼，可能都不知道，更別談舉杯共飲。而「街坊鄰居」這樣的詞也將隨著推土機的轟鳴被推進史書，風乾為一頁書籤，作為資料去珍藏。

幾年不回老家，回去一次感受良深。老家位於河南許昌，那裡確實沒有亭台樓閣的典雅，也沒有奇花異草的神祕，甚至連山珍野味都沒有。但就是在這普通的農家小院裡，我和親戚朋友開懷暢飲，聊著天氣的變化，聊著莊稼的收成。在綿長的光陰裡，不斷伸展的是鄰里之間的情感，也是歲月的快樂時光。雖然樸素異常，但因為有這份樸素與不設防，人與人之間的交往才顯得特別動情。

中國有句俗話叫「遠親不如近鄰，近鄰不如對門」。住得近的鄰居，常常可以彼此照顧，甚至發生危險情況的時候，能在第一時間採取應急措施。有人說，前世的五百次回眸才能換今生的一次擦肩而過，鄰里鄉親，能夠談得攏、聊得來，應該也是一種緣分吧。能夠像老家的村民那樣，守著人類生存最初的單純和快樂，彼此間造訪、相聚，是一種無比的幸福，也是很多人真誠的嚮往！

式微，式微！胡不歸？你什麼時候回去看看？

＊春花依石澗，下映流泉紅

電子書購買

爽讀 APP

國家圖書館出版品預行編目資料

詩經中的百轉情思：歸來最美的詩經，歲月靜好多思念，百轉柔腸情難解 / 李顏壘 著 . -- 第一版 . -- 臺北市 : 沐燁文化事業有限公司 , 2024.05
面； 公分
POD 版
ISBN 978-626-7372-40-1(平裝)
1.CST: 詩經 2.CST: 研究考訂
831.18 113004533

詩經中的百轉情思：歸來最美的詩經，歲月靜好多思念，百轉柔腸情難解

臉書

作　　者：李顏壘
發 行 人：黃振庭
出 版 者：沐燁文化事業有限公司
發 行 者：沐燁文化事業有限公司
E-mail：sonbookservice@gmail.com
粉 絲 頁：https://www.facebook.com/sonbookss/
網　　址：https://sonbook.net/
地　　址：台北市中正區重慶南路一段六十一號八樓 815 室
Rm. 815, 8F., No.61, Sec. 1, Chongqing S. Rd., Zhongzheng Dist., Taipei City 100, Taiwan
電　　話：(02) 2370-3310　　傳　　真：(02) 2388-1990
印　　刷：京峯數位服務有限公司
律師顧問：廣華律師事務所 張珮琦律師

定　　價：280 元
發行日期：2024 年 05 月第一版
◎本書以 POD 印製